Een mooie jonge vrouw

Een mooie jonge vrouw is een uitgave van de Stichting Collectieve Propaganda van het Nederlandse Boek ter gelegenheid van de Boekenweek 2014 en werd geproduceerd door Uitgeverij De Bezige Bij.

Een mooie jonge vrouw

TOMMY WIERINGA

Stichting Collectieve
Propaganda van het
Nederlandse Boek

Dit boek is gedrukt op 100% chloorvrij geproduceerd papier.

Copyright © 2014 Tommy Wieringa
Omslagontwerp Brigitte Slangen
Omslagbeeld Elspeth Diederix
Foto auteur Keke Keukelaar
Beeld schutbladen Katsushika Hokusai, *Fuji en kersenbloesem*,
1800-1805, collectie Rijksmuseum, Amsterdam
Vormgeving binnenwerk en schutbladen Martien Frijns
Opmaak binnenwerk Peter Verwey, Heemstede
Druk- en bindwerk Koninklijke Wöhrmann, Zutphen
ISBN 978 90 5965 234 7
NUR 300

www.boekenweek.nl
www.debezigebij.nl
www.tommywieringa.nl

Dit Boekenweekgeschenk wordt u aangeboden door uw boekverkoper.

voor mijn wapenbroeders, onniedan

Het is tijdverdrijf waarmee mannen en vrouwen elkaar tijdens etentjes vermaken, echtparen die elkaar nog niet zo goed kennen. De vraag: 'Hoe hebben jullie elkaar eigenlijk ontmoet?'

Ze kijken elkaar aan. Zij zegt: 'Jij kunt dat beter vertellen dan ik.'

Hij begint. 'Lang geleden, in een ver land –'

'Niet waar hoor! Gewoon in Utrecht, zeven jaar geleden.'

'Oké, geen sprookje dan.' Hij lijkt een beetje teleurgesteld. 'Utrecht, zeven jaar geleden. Ik zit op een terras en daar komt een meisje de straat in. Ze mag daar eigenlijk helemaal niet fietsen maar zij is het meisje dat alles mag. Het meisje voor wie agenten voor deze ene keer met de hand over het hart strijken en alle automobilisten stoppen.'

'Je overdrijft, lief. En ik was al zevenentwintig. Of acht.'

'Ze zit op een mountainbike, een beetje voorovergebogen, met haar kont omhoog. Ik kan het niet vertellen zonder dat detail. De kont waarmee alles begint. Zo gleed ze me voorbij, in die straat vol mensen, met die blonde haren en die kont...'

'Nou weten we het wel.'

'Ik moest het toch vertellen?'

De andere man in het gezelschap gaat rechtop zitten in zijn stoel. 'Ik wil het ook horen. Van die kont.'

'Lou! Hou je in,' zegt zijn echtgenote.

'Ik zag haar verdwijnen tussen de mensen en dacht: hoe kan ik haar ooit terugvinden? Jij kent dat, Lou, jij weet wat ik bedoel. Dat je achter haar aan wilt rennen en uitroepen: wie ben je? Zonder jou kan ik niet verder! Trouw met me, hier, nu!'

'Nou...' zegt Lou.

'Hoe dan ook, een paar weken later zat ik in Willem I en daar was ze weer, bij het poolbiljart. Dat voorbestemde gevoel: ik heb haar teruggevonden... Zonder te zoeken. Nu kan het niet anders meer zijn. Ze was aan het poolen met een vriendin. Weer met die kont zo... in de lucht...'

'Ed, alsjeblieft.'

'Ik ben naar haar toe gegaan en vroeg hoe ze heette. Ik wilde haar niet nog eens laten ontsnappen. Ze vertelde me haar naam, ja, maar niet waar ze woonde. Dat wilde ze niet.'

'Je was dronken.'

'Maar je zei wel gewoon hoe je heette?!' zegt de andere vrouw.

'Waarom niet?'

'Een wildvreemde man?'

'Hij leek me wel leuk. Oud maar leuk.'

'*Oud maar leuk...*' Edward speelt pijn die echt is.

'Ouder dan ik, zo goed?'

'Veertien jaar...'

'Plus een.'

'Moet ik het nog afvertellen of niet?'

Hoe hij de barman om het telefoonboek had gevraagd, erin bladerde en er de pagina uit scheurde waarmee hij naar haar toe gelopen was. Ze koos positie aan de lange band toen hij vroeg: 'Ben jij dit?' Hij hield de pagina onder de lamp boven het biljart en zijn vinger wees een naam aan. Geamuseerd had ze Edward opgenomen. 'Dat zou best eens kunnen,' had ze gezegd.

'Dat is mooi, Ruth Walta. Dat is geweldig. Dankjewel. Ik stuur je een uitnodiging.'

'Ik wacht het af,' zei ze. 'En hoe heette jij ook alweer?'

'Edward,' zei hij vrolijk. 'Edward Landauer.'

'Chapeau, Ed,' zegt Lou. 'Geweldige zet, dat telefoonboek. Dat is lef.' Hij pakt de fles en kijkt de glazen langs. Hij schenkt alleen Edward bij.

'Een wanhoopsdaad,' zegt Edward. 'Ik wist oprecht niet wat ik zou moeten zonder haar. Stel je voor, even daarvoor was de wereld nog vol vrouwen, en nu alleen nog maar zij.' Met paarse lippen lacht hij naar zijn echtgenote. 'Alsof je precies één kans hebt – verkloot je die, dan sluit de poort zich en zal het wonder zich nooit meer herhalen.' Zijn voorhoofd glanst, met zijn handen dirigeert hij de woorden boven tafel.

'Vond je het niet een beetje eng, Ruth?' vraagt de andere vrouw.

'Ik vind het zo grappig dat je dat denkt. Het is toch fijn om een beetje overrompeld te worden? Een man die weet wat hij wil, doelgericht en zo, dat willen we toch?'

'Ja, misschien wel, ja...' Ze staat op. 'Lou, neem jij de borden af? En bewaren jullie je bestek alsjeblieft?'

In de keuken schuift ze ovenwanten aan haar handen. Die middag, in een winkel met Turkse en Surinaamse exotica, had ze een bos okra gepakt en ernaar gekeken. 'Realistisch blijven, Claudia,' had Lou gezegd.

'Maar het zijn vegetariërs! Wat moet ik dan?'

Het was een aardappelschotel au gratin geworden, met groenten van de plaat.

Aan tafel vraagt Lou: 'Ruth, jij zag dat hij ouder was, maar jij, Ed, zag jij ook dat zij jonger was?'

'Niet verder vertellen tot ik terug ben hoor!' klinkt het uit de keuken.

Even sluit Edward zijn ogen – het meisje met de keu in haar hand, de sigarettenrook die deinde onder de lampen boven het biljart. Hij had altijd machteloos gestaan tegenover schoonheid. Ze verstomde hem. De zonneschijf tussen de horens van de kleine, volmaakte apisstier, lang geleden in een museum in Damascus. Iemand had die gemaakt, duizelingwekkend lang geleden, handen als de zijne hadden het brons zo perfect gegoten. Gaandeweg was het hem beginnen te dagen dat ook schoonheid pijn kon toebrengen, juist schoonheid; hoe ze kon snijden met licht.

Hij opent zijn ogen. Zijn mooie jonge vrouw. 'Nee,' zegt hij, 'niet direct.'

'Dat zag je niet?'

'Ik zag alleen maar... schoonheid eigenlijk. Zonder leeftijd.' Hij houdt zijn glas op.

Ze legt een hand op de zijne. 'Liefje...'

De gastvrouw komt de kamer in met een ovenschaal in haar handen. 'Je zou de borden afruimen.'

'Onmiddellijk,' zegt Lou.

Ze loopt nog eens naar de keuken heen en weer. Niemand biedt aan om haar te helpen.

'Heerlijk, Claudia,' zegt Edward even later, en heft zijn glas naar haar.

'Ja, goed gelukt, schat,' zegt Lou.

'Het is goed ge*maakt*.'

'Dat bedoel ik.' Hij knipoogt naar Edward.

'En hoe ging het verder?' vraagt Claudia. 'Jullie ontmoeting?'

Hij roeide, zij zat op het bankje achter in de boot. Er was nauwelijks stroming. De weilanden gingen geleidelijk over in een bos. Hoge, oude bomen, individuen met een naam. Ze gleden tussen ronde, bemoste oevers door. Door het groen schemerden landhuizen. EIGEN TERREIN. NIET AFMEREN. Hij dacht na over de families met hun geheimzinnige namen; ze hadden het niet volgehouden, het gewicht van alle bezit en geschiedenis had ze de rug gebroken. De kronieken stonden in schimmel op de vochtige muren geschreven. Er waren grote advocaten en staatslieden uit hun rangen voortgekomen, mannen die de natie hadden gevormd en haar in goede staat hadden overgedragen aan de volgende generatie. Die duurzaamheid, die was voorbij.

Hun achterkleinkinderen waren bankiers en schrijvers geworden, hun levens stonden in het teken van zichzelf.

Het groen had zich gesloten boven hun hoofden, door de bladerkronen schoten pijltjes prismatisch licht. Hij roeide geruisloos. Waar de roeispanen in het water verdwenen, ontstonden zijdeachtige kolkingen van zwart en zilver. Hij had zijn hemdsmouwen opgerold. Ze vond dat hij mooie armen had.

Ze voeren de dag weer binnen. Op de oever vouwden ze een plaid uit en hieven hun gezicht naar de late zon. Achter hen was een kersenboomgaard met groene netten overtrokken. Hij pakte de mand uit en ze vroeg: 'Heb je dat allemaal zelf gemaakt?' Kleine sandwiches. Een salade, de dressing apart. 'Ik hou van postelein,' zei hij. 'Het smaakt zoals aarde ruikt.'

'Kom,' zei ze toen ze wat gegeten hadden, 'we gaan kersen kopen.'

Ze droeg een wit katoenen jurkje, haar benen waren bruin. Bij de ingang van de boomgaard zat in een keet een vrouw met een schort voor. Edward kocht een pond kersen. Ze waren knapperig en zoet, het voorjaar was warm en droog geweest. Ze wandelden terug naar de stroom en spuwden de pitten zo ver weg als ze konden.

Ze dronken wijn en praatten over haar studie sociologie die niet wilde vlotten, en toen over de reizen die hij maakte, de congressen die hij bezocht. Hij keek naar haar. Wist ze dat ze een beendroge apremont dronk, perfect voor een gelegenheid als deze? Ze krabde aan haar been. Witte voren kwamen onder haar nagels tevoorschijn.

De avond nadat hij haar heeft aangesproken in het café, typt ze zijn naam in de zoekbalk. Ze ziet hem op foto's in internationale gezelschappen, hij blijkt een grootheid in de virologie. Hij is langer dan de anderen. Ze vindt dat een baard hem goed staat. Een paar dagen later valt een uitnodiging in de bus voor een tochtje per boot. Nog dezelfde dag stuurt ze een kaartje terug.

Als het schemert stapt hij als eerste in de boot en steekt haar zijn hand toe. Ze pakt hem en zet een grote stap. Hij roeit terug, de tegenstroom is sterker dan hij dacht. In het donker onder de bomen wil hij precies in het midden blijven en zo min mogelijk corrigeren, het moet volmaakt zijn.

'Wacht even,' zegt ze na een tijdje. Ze buigt zich voorover en legt een hand op de zijne. Hij stopt met roeien. 'Hoor je dat?' fluistert ze. 'Zo stil... Niet één vogel.' Alleen de druppels die van de roeispanen vallen. Vlak voor ze de oever raken, legt hij de linkerroeispaan evenwijdig langs de boot en laat het blad in het water zakken. Ze staat op, ze zegt: 'Mag ik even van boord?' Ze klauteren op de kant en hij legt de boot vast. Ze verdwijnt tussen de hoge, gladde stammen, haar witte haren lichtgevend en lokkend. Een wezen dat ongeluk brengt voor wie haar gezang volgt, steeds dieper het woud in.

De Engelse tuin hoort bij het landhuis verderop, verscholen tussen de bomen. De ramen zijn donker, er is geen teken van leven. Hij zal het voor haar kopen en er elke dag van een afstandje naar kijken in de schemering, een verlichte bijenkorf. Daar zal hij wonen en kinderen maken met deze geweldige vrouw, voor elke kamer een.

Ze windt hem ongelofelijk op maar hij wil het niet bederven door te gretig te zijn, zijn wanhopige verlangen te tonen. Meer dan ooit, begrijpt hij nu, verbindt verliefdheid hem met de jongen die hij was, met de eerste keer, zijn droge mond en zijn hart in zijn keel, de eerste keer van alle eerste keren die volgden. Hij is nooit getrouwd en nooit lang met dezelfde vrouw geweest, hij is altijd een verzamelaar van eerste keren gebleven. Nu is hij tweeënveertig jaar oud en weet hij zeker dat alles alleen maar zo is verlopen om hem bij dit meisje te brengen.

Ze lacht als ze tussen de bomen opduikt, een lichtvoetige, heidense godin. 'Wat is het hier geweldig,' zegt ze. Ze praat nog altijd zacht, alsof de bomen en het gras meeluisteren. Als ze op haar tenen gaat staan en hem kust, heeft hij het verwarrende gevoel dat ze het bos is ingegaan om te overleggen met soortgenoten, nimfen zoals zij, verzameld rond het spiegelende zwarte water.

Ze liggen op het vochtige bed van gras en mos en beminnen elkaar langzaam, met de schroom van lichamen die nog niet vertrouwd zijn met elkaar. Nu al, nu al, klinkt het in hem. Haar bereidheid maakt hem duizelig van geluk. De verrukking in zijn keel om haar jonge lichaam, een lichtvlek op de bosgrond. Er sluipt haast in zijn bewegingen, honger. Hij vergeet zijn ervaring, haastig als een jongen likt hij haar buik, haar zoute geslacht, grenzeloos alsof hij te veel gedronken heeft. Later, als hij in haar binnengedrongen is en op zijn armen steunt, kromt ze zich onder hem. Hij stoot in haar, ze lacht en zegt 'ben je daar eindelijk'. Haar ervarenheid verrast hem, hij is vergeten dat mensen van haar leeftijd alles al weten.

Hun lichamen, toegedekt door de groene schemering. Zweet dat koud wordt, zaad dat trekt op de huid. Ze ligt op haar zij, in de beschutting van zijn arm, zijn hand rust op haar billen. 'Jammer dat je niet rookt,' zegt ze.

'Ik heb eens gehoord,' zegt hij, 'dat kunstenaars het gevoel hebben dat ze verder zijn dan hun voorgangers. Dat ze naar hun werk kijken en denken dat ze de geschiedenis hebben overtroffen. Een gevoel van... bevrijding. En triomf.'

'Waarom zeg je dat?'

Hij grinnikt. 'Bevrijding en triomf.'

Ze is even stil. 'Nu, bedoel je?'

'Nu.'

'Leuke man,' zegt ze. En, even later: 'En de volgende stap?'

'Welke?'

'Dat het dus ook nooit meer beter zal worden dan dit?'

Ze varen in het donker terug naar het watersportcentrum. Weilanden, houtwallen. En ver weg, tegen de horizon, de zwarte gebouwen van de universiteit, zonder mate of plan neergesmeten tussen de akkers. Daar speelt zich een deel van zijn leven af. Erachter de torens van het academisch ziekenhuis, gemaakt van pulserend licht, als een casino in de woestijn – je kunt winnen, je kunt verliezen. Ze varen onder een ketting door en leggen de boot vast aan de steiger bij het kantoortje, de luiken zijn neergelaten en met hangsloten vergrendeld. Je kunt er snoep en frisdrank kopen, aan de muur hangt een kaart met de waterwegen van het gebied.

D it gebeurde in een café aan het park. De barman zette een glas voor haar neer en zei: 'Van die meneer daar.' Hij knikte naar de overkant van de bar. Edward pakte het glas voor haar weg en dronk het leeg. In de eerste jaren dat ze samen waren gebeurde het een paar keer dat er zomaar iets voor haar werd neergezet; Edward sloeg Kahlúa en Blue Curaçao achterover met zijn ogen gericht op de bewegingloze figuren aan de overzijde van de bar. Een saloon in Tombstone, 1885; ze was de enige mooie vrouw in de wijde omtrek, mannen zouden hun leven voor haar geven. Hij was erop voorbereid dat hij elk moment kon worden neergeslagen.

Hij wist dat bijzondere schoonheid ook andere bewonderaars op de been bracht, een mobilisatie van hartstocht, mannen met een soms agressieve behoefte om door haar gezien te worden. Om haar te laten weten: je vergist je, hij is het niet, ik ben het, *ik*.

Zij was eraan gewend. Er waren mannen die zo deden, zoals er ook mannen waren die zich overdreven hoffelijk gedroegen.

Ze was door haar schoonheid niet misvormd geraakt, dacht hij, zoals andere vrouwen die hij had gekend. Intelligente, schitterende vrouwen, maar het leek of schoonheid en intelligentie in een en hetzelfde wezen een diepe innerlijke gespletenheid veroorzaakten. Het duurde altijd even voor je het zag, maar daarna kon je het nooit niet meer zien. De literatuur hield ervan zulke vrouwen voor te stellen als tragische heldinnen, maar wanneer hij over hen las, gunde hij ze eigenlijk vooral een straf regime van psychofarmaca. In het echte leven was hij verliefd zolang ze in staat waren hun gespleten natuur te verbergen. Ze waren bovengemiddeld in alles – in gezelschap was niemand geestiger en in bed waren ze sensationeel, de wereld was hun voorstelling. Maar een voor een vielen ze uit hun rol, vroeg of laat; de entree van het tragische.

Ruth Walta leek een gelukkige uitzondering. Hij vond geen verborgen kamers.

Ze zei: 'Ik heb geloof ik niet zoveel issues...'

'Issues...?'

'Vrouwen hebben issues.'

'En jij hebt geen... *issues*?'

Ze haalde haar schouders op. 'De gewone vrouwendingen, maar verder niks geheimzinnigs geloof ik. Hopelijk vind je dat niet te saai?'

Ze had weinig vriendinnen, wat hij een goed teken vond. Vriendinnen werden vroeg of laat een samenspanning – hij herinnerde zich hoe ze vroeger samen naar de wc gingen, hun geheime domein; als ze terugkwamen, leek zijn positie verzwakt.

In hun eerste zomer samen nodigde ze twee vrienden uit bij hem thuis, Henri en Diederik, ze had hen in haar propedeusejaar leren kennen.

'U woont hier prachtig,' zei Henri.

Edward grinnikte. 'Alsjeblieft, geen u.'

Ruth kwam om een asbak vragen in de keuken. Hij vond er geen. In de deuropening draaide ze zich om, een schoteltje in haar hand. 'Kan ik iets doen?'

'Ik ben zo klaar. Vermaak jij hen maar.'

In de tuin klonken hun stemmen als die van passerende fietsers. Had ze het met een van hen gedaan? Met Diederik dan. Hij had een wijde, vormeloze mond maar het lichaam van een waterpoloër. Hij had Edward een krachtige hand gegeven. Daar ging het om, hoe je de hand van de ander omsloot; er waren handdrukken die in evenwicht waren maar er waren er ook waarbij je hand ongelukkig in die van de ander terechtkwam zodat je geen tegendruk meer kon uitoefenen. Het viel niet te corrigeren, je kon je hand niet terugtrekken en opnieuw beginnen, je was aan de ander overgeleverd. De sterke hand van de jongen had hem overrompeld.

Hij legde jakobsschelpen op een bedje van snijbiet en bracht de borden naar de kamer.

Ruth en Henri zaten ingesponnen in het laatste licht. Op tafel wijn en sigaretten. Haar zonnebril. Diederik stond verderop, een flesje bier in zijn hand. Wat zag hij. De paden van turfstrooisel tussen de borders en pergola's van rozen en passiebloemen. Edward stond tussen de tuindeuren. Hij deed zijn kookschort af en zei: 'We kunnen eten.'

'Laten we buiten eten,' zei Ruth, 'het is heerlijk hier.'

'Het wordt nu vlug kouder.'

'Het is zo gebeurd,' zei Ruth. Ze stond op. Edward liep naar binnen, hij nam de borden van tafel.

'Wacht, ik help u,' zei Henri.

Achter Ruth en Diederik ging de zon onder. Diederik stak een hele jakobsschelp in zijn mond. Hij kauwt niet eens, dacht Edward. Voor hem had het net zo goed een hamburger kunnen zijn. Waarschijnlijk had hij daar meer plezier van gehad.

Henri had kaartjes voor een dancefeest. Hij had er een paar extra besteld, ze konden mee als ze wilden. 'Te gek,' zei Ruth, maar Edward schudde zijn hoofd. Hij herinnerde zich de feesten in de jaren tachtig, hoe alles maar door- en doorging, en hoe de ochtenden kwamen met een mond vol gruis. Hij wist niet welke muziek en drugs nu domineerden. Dat leven was voorbijgegaan, hij bezocht nu cafés, plaatsen waar je elkaar kon verstaan.

Henri vroeg naar zijn werk. 'Ik weet natuurlijk wel wie u bent, maar –'

'Zeg maar je.'

Ruth lachte.

'Ik heb je wel eens gezien op het nieuws,' zei de jongen, 'maar wat je precies doet weet ik eigenlijk niet eens.'

Edward vertelde over zijn virusonderzoek. Hij was juist uit Hongkong teruggekeerd van een missie met de World Health Organization. Alle pluimvee was geruimd, de hemel kleurde zwart.

'Kun je nu zelf besmet zijn? Of hoe gaat dat?' vroeg Diederik.

'H5N1 is niet overdraagbaar op de mens,' zei Edward. 'Maar griepvirussen muteren razendsnel. Dus wie weet, op dit moment, ergens in mijn longen...'

Hij verlangde ernaar alleen met haar te zijn. De jongens waren een inbreuk, door hun ogen zag hij wat ze waren: een jonge vrouw met een man veel ouder dan zij, een man van tweeënveertig aan wie ze vroegen 'wil je eigenlijk nog kinderen?'

En Ruth, wilde zij kinderen? vroeg Edward zich af. Het was nog niet ter sprake gekomen. Ze waren nog maar zo kort samen.

Op een dag laat in januari staken ze de Afsluitdijk over, naar een plaatsje in Friesland dat Bozum heette. Een nieuwbouwwoning aan de rand van het dorp. Onder de carport de zilveren Mercedes van haar vader. De achterzijde van het huis grensde aan de weilanden, leeg en glanzend. Hier was ze opgegroeid. Een bestaan zonder grote breuken – welvaart en informatiestromen waren gestaag toegenomen zoals overal elders, maar het leven had een pastorale kwaliteit behouden.

Ze stonden in de serre. Hij zag het puntje van een kerktoren ver weg. Een verdwijnpunt tussen het zachte grijs van de hemel en de monotonie van het grasland eronder.

'Kijk, een haas,' zei Edward.

'Die hebben we hier zoveel,' zei haar vader achter hem.

Hij was aannemer, hij had het huis zelf gebouwd. Hij nam een sigaret uit de pokerbeker op tafel, tikte een paar keer met het filter op zijn duimnagel en stak hem aan in een vlam die hij verborg in de kom van zijn hand. Wind, regen. Edward herinnerde zich dat zijn grootvader hem wel eens een sigaret had aangeboden uit zo'n beker. Hij was er trots op dat hij hem aanzag voor een jongen die rookte.

Haar vader leunde voorover in zijn fauteuil, zijn ellebogen op zijn dijbenen, zijn hoofd een beetje tussen zijn schouders getrokken; een arbeider tijdens de schaft.

Ze dronken koffie uit kopjes van dun porselein. 'Hebt u melk?' vroeg de moeder. Zijn koffie kleurde wit door de scheut halvamel.

'Fryske dúmkes,' zei de moeder, 'kent u die wel?'

Ook al deed ze nog zo haar best, het Fries barstte uit elk woord tevoorschijn. Hij schudde zijn hoofd, zijn mond vol koek.

Later verdween Ruth met haar moeder naar boven om spullen uit te zoeken. Wat weg kon en wat niet.

Edward bekeek de foto's op het dressoir. Ruth als kind, een wezen van licht en gouddraad geweven. Ze reed paard, aaide een stier over zijn machtige hals op een boerenerf, en lachte met grote, sterke tanden in de camera met haar jongere broer op haar rug.

Haar vader kwam bij hem staan, een fles korenwijn en twee glaasjes in de hand. 'De vijf zit al haast in de klok. U drinkt toch wel een borrel?' Hij schonk in. 'Tsjoch, zeggen we hier. Verstaat u dat wel?'

'Proost, denk ik?'

'Precies.'

'Tsjoch,' zei Edward.

'Tsjoch.'

Ze dronken. Haar vader tikte met zijn wijsvinger op een van de foto's. 'Weet u wie dat is?'

Edward keek. 'Ruth?'

'Nee, deze jongen hier.'

Edward bracht zijn hoofd dichterbij, alsof hij iets van runderen wist. 'Geen idee,' zei hij ten slotte.

'Sunny Boy. Nog jong hoor, nog lang niet de kampioen van een paar jaar later. Maar wat een macht al in dat lichaam... Dik een miljoen nakomelingen.'

Een kampioenskoppel, de stier en het meisje. Het beest was ontzagwekkend, maar Edward kon niet ophouden naar Ruth te kijken. Nauwelijks twaalf, dertien. Hij zou haar toen al radeloos begeerd hebben.

'En wat zijn de plannen als ik vragen mag,' zei haar vader opeens met een kracht alsof hij zich al die tijd had ingehouden. Hij was korter dan Edward maar had de onverzettelijkheid van een worstelaar. Brede, sterke vingers vol kloven die nooit meer helemaal schoon werden.

'Plannen?' zei Edward.

'Met Ruth. U bent een dagje ouder, schat ik?'

Edward vroeg zich af wat het verband was tussen de vraag naar zijn plannen en de fokstier die hij zojuist had aangewezen. 'We schelen een paar jaar, inderdaad,' zei hij. 'Het is niet ideaal, maar... Het spijt me dat ik veertig moest worden om haar te ontmoeten...'

'Tweeënveertig zei ze dat u was.'

Een warme gloed trok naar zijn oren.

'U kon al wel een gezin hebben.'

Edward rechtte zijn rug. 'Dat had gekund. Dat is niet gebeurd.'

'U weet dat ze al eerder getrouwd is geweest?' vroeg de vader.

De duizeling.

'Dat wist u niet?'

Zijn alarmrode gedachte: de geheime kamer... Hij had hem gevonden. 'Nee,' zei Edward, 'nee, dat wist ik niet.'

'Ze was nog maar net het huis uit.'

Ze maakten hem belachelijk, de vader en de dochter. Ze lachten, lachten.

'Of ze dat ook kon motiveren, vroeg ik haar. De liefde, zei ze. Dat is geen antwoord, zei ik. Een beste jongen hoor, maar van werken had hij nog nooit gehoord. Ze was nog nooit zo verliefd geweest, zei ze. Toen ze terugkwam uit Amerika liet ze haar ring zien. Verrassing...'

'Een verrassing. Zeker.'

'We prakkiseerden ons suf maar hebben nooit begrepen waarom dat nou zo moest.' Hij zuchtte. 'Die heeft zich nooit iets laten vertellen.' Hij kantelde het tweede glaasje in zijn mond en zei met natte lippen: 'U en ik schelen tien jaar. U bent eerder van mijn generatie. Ik had gehoopt dat ze mij zou verzorgen, maar zoals het er nu naar uitziet zal ze uw wagen duwen. Wilt u dat, dat mijn dochter uw verzorgster wordt?'

'Daar... is het misschien nog een beetje vroeg voor,' zei Edward.

'O, denkt u dat? Nou, ik kan u de toekomst voorspellen. Op het jaar nauwkeurig. Over tien jaar is er al twee keer een dokter met zijn vinger bij u binnen geweest om u aan de prostaat te voelen. Doet zeer, dat. U hebt al eens op een fietsje gezeten om uw hartfunctie te meten want u had zo'n rare uitstraling naar de vingers toe. En het leidingwerk is ook wat roestig. Om de bijsluiter te kunnen lezen, moet de bril op. Maar waar is dat ding?'

Edward glimlachte. Haar vader was een humorist, hij wist het nu zeker.

'Daar,' zei hij. Hij wees naar Edwards voorhoofd.

Edward begreep het niet.

'Daar staat-ie, op uw voorhoofd!'

Edward ging met zijn hand door zijn haar. 'Wat?'

'De bril! De leesbril!'

'Het gaat nog prima zonder,' zei Edward toen de ander uitge-lachen was.

'Over drie jaar spreek ik u weer.'

'We zullen zien.'

'Dat zullen we zeker.' Hij sloeg hem op zijn bovenarm.

Na het eten wandelden Ruth en hij door het dorp. Aan de rand van Bozum, in het donker, stond de kerk. 'Hij is heel oud,' zei Ruth met haar ogen op het gebouw. 'Ik weet niet eens precies hoe oud.'

Het hek stond open. Ze liepen over een kiezelpad tussen de zerken. 'Ik had het niet van je vader moeten horen,' zei hij plompverloren.

Ze stonden stil, steentjes knarsten onder hun zolen. Ze be-greep niet wat hij bedoelde.

'Je huwelijk,' zei hij.

'Ach nee hè...'

Hij draaide kuiltjes met zijn hakken. 'Het was pijnlijk.'

'Ik had het je zelf willen vertellen,' zei ze.

Boven in de toren sloeg de klok het halve uur.

'Het was geen big deal, weet je. We gingen naar Las Vegas – hij had al vanaf zijn dertiende cowboylaarzen aan voor op de dag dat hij Vegas zou binnenrijden in een Chevrolet. Toen zagen we zo'n kapelletje... Nou ja, dat was het eigenlijk.'

Hij duwde zijn handen in zijn zakken en liep verder.

'Het spijt me, liefje, dat je het zo moest horen,' zei ze achter hem.

Aan de andere kant van de kerk stond een doodgravershuisje. De deur was open, hij boog zijn hoofd en keek naar binnen. In het schemerdonker ontwaarde hij draagbalken en schotten om grafwanden te stutten. Hij trok Ruth mee naar binnen en duwde haar tegen de muur; zijn handen verdwenen onder haar trui en omsloten haar kleine borsten. Kippenvel. Ze deden het staand tegen de muur, ze ademde zwaar in zijn hals. Hij neukte haar hard en straffend. Met zijn ejaculatie overwon hij de man met de cowboylaarzen en ook de vader, en voerde haar weg van hier. De stier met het meisje op zijn rug.

Toen Edward Landauer zeventien jaar oud was en een besluit moest nemen over wat hij zou gaan studeren, zag hij twee dingen voor zich. Hij kon door sterrenkijkers in de kosmos turen op zoek naar verborgen leven, naar manen en meteorieten met gruis in hun staart, of gebogen boven microscopen de grondslagen van het menselijk leven bestuderen. In een jeugdherberg in Kopenhagen las hij *Aldus sprak Zarathoestra* en vond het antwoord in Nietzsches gepassioneerde oproep om de aarde trouw te blijven.

De medische microbiologie was in die dagen een weinig dynamisch vakgebied. Het pokkenvirus was uitgeroeid, tuberculose speelde in de westerse wereld geen rol van betekenis meer en het vaccin tegen polio had een effectiviteit van bijna honderd procent. De strijd leek gestreden. Het ging om de restziektes, virussen en bacteriën die nog altijd huishielden in de derde wereld, en Edward was bereid daar zijn onderzoeksleven aan te wijden.

In 1981 overleed in Amsterdam een man aan een geheimzinnige stapeling van hevige ziektes. *Patient zero* was een sterke, gezonde man, die in een mum van tijd te gronde werd gericht door een baaierd aan immuniteitsaandoeningen. Rond zijn bed waren bijna alle specialisten van het ziekenhuis verzameld, maar iedereen stond machteloos.

In januari 1983 werden drie patiënten met dezelfde verschijnselen geregistreerd, en een paar maanden later nog eens zeven. Nog voor het jaar om was, waren de meesten van hen overleden.

Hun afweersysteem was uitgeschakeld, opportunistische infecties hadden hun lichaam vernietigd. Ze waren het toneel van woekeringen van virussen en schimmels, van agressieve huidkanker en neurologische aandoeningen die de hersenen en het ruggenmerg aantastten. Ze werden blind en dement, en verdronken in hun eigen lichaamsvocht. Niemand wist wat het voor een ziekte was en waar ze vandaan kwam, zichtbaar was alleen dat ze vooral homoseksuele mannen trof, mannen met een vaak extreem promiscue seksleven – sommige respondenten meldden honderden sekspartners per jaar.

Edward hoorde iemand in het laboratorium de ziekte 'homokanker' noemen, maar al vlug werd duidelijk dat ook hemofiliepatiënten, drugsverslaafden en ontvangers van bloedtransfusie vatbaar waren. De ziekte kreeg een naam, *acquired immune deficiency syndrome*, ofwel aids.

Edward was vijfentwintig jaar, zijn afstudeeronderzoek speelde zich af in de nabijheid van de mensen die onderzoek deden naar de nieuwe ziekte, en zo kwam hij aan een promotieplaats bij hoogleraar virologie Herman Wigboldus. Wigboldus had het geïsoleerde aidsvirus uit Amerika meegenomen in zijn borstzak, het verhaal was legendarisch. Hiv toverde het slaperige onderzoeksveld van de medische microbiologie om tot het front van de moderne wetenschap, en door een gelukkig toeval stond Edward er met zijn neus bovenop. Er was geld, eer en roem te halen. Dat was de glorieuze kant ervan. Het baanbrekende onderzoek, de opwinding over het nieuwe. Het pionierswerk. Ze werden de cowboys van het aidsonderzoek genoemd.

Aan de andere kant van het spectrum heersten angst en wanhoop. Er waren chirurgen die weigerden homoseksuele mannen te opereren uit angst voor besmetting. Niemand wist nog hoe het virus werd overgedragen – alles kon, via de lucht, seksueel contact of de pleebril. Een assistente op het lab ontwikkelde in korte tijd een ernstige vorm van smetvrees en werd panisch van de pipetten met virusmateriaal. Wigboldus bulderde soms 'virus!' als hij binnenkwam, en iedereen lachte als ze verstijfde op haar kruk. Ze zette haar promotieonderzoek voort op de veterinaire afdeling van de universiteit van Utrecht.

Edward leefde in een roes. Patiënten stierven massaal, er werd wetenschap bedreven met een urgentie alsof het oorlog was. Medewerkers van het lab hielden voorlichtingsavonden in zaaltjes vol doodsbange homoseksuele mannen. 'Dokter Landauer, mijn partner is seropositief en ik ook, moeten we condooms gebruiken?'

Vragen waarop geen antwoord was.

Tijdens een werkoverleg zei Wigboldus: 'Het ziet ernaar uit dat we tegen de hele eerste en tweede generatie sorry moeten zeggen.'

De laboranten zwegen. 'Wat bedoelt u, sorry?' vroeg uiteindelijk een onderzoekster.

'Gewoon,' zei Wigboldus, 'dat ze er allemaal aan gaan.'

Op een dag in de herfst keek Edward op een klein toestel in de kantine naar een demonstratie tegen kernwapens in Den Haag. Het kon wel eens uitgroeien tot de grootste demonstratie ooit in Nederland, zei de verslaggever. Achter hem trokken drommen mensen langs.

Een man kwam naast Edward staan en keek een tijdje naar de beelden van het Malieveld. 'De sufferds,' zei hij toen. 'Ze weten niet dat ze niet aan atoombommen maar aan virussen ten onder zullen gaan.'

Onder Wigboldus' harde hand werd een zevental aio's en postdocs tot bruikbaar materiaal gekneed. Ze publiceerden in *Nature*, *Science* en *The Lancet*, de stroom onderzoeksgeld was oneindig. Edward ging mee naar congressen en leerde van Wigboldus wie elkaar haatten en met wie hij coalities moest smeden. 'Dat moet je snappen,' zei Wigboldus, 'hoe het spel werkt. Dat, én briljant onderzoek – dan pipetteren wij nog eens de Nobelprijs bij elkaar, jongen.'

Hij klonk als een autoverkoper, vond Edward, maar hij begreep dat zijn agressie en nietsontziendheid voorwaarden waren voor zijn succes.

'Wetenschap is het vernietigen van reputaties,' zei Wigboldus 's avonds in de hotelbar. 'Creatieve destructie. Carrières om zeep helpen omdat jouw onderzoek het zijne onderuithaalt.' Het genoegen was onmiskenbaar.

In deze cultuur van pioniersijver en machtshonger werd Edward gevormd. Wigboldus' zucht naar glorie viel naadloos samen met het algemeen nut; Edward had hem grote betrokkenheid bij patiënten zien voorgeven, terwijl hij het, eenmaal buiten het zicht van de camera's, veel belangrijker vond om de National Institutes of Health of het Institut Pasteur voor te zijn.

Edward was niet geïntimideerd door Wigboldus' autoritaire optreden. Hij wist dat hij werd gewaardeerd om zijn wetenschappelijke intuïtie. Daarnaast bezat hij de gave om de stand van zaken in het onderzoeksveld helder en eenvoudig uit te kunnen leggen, zodat Wigboldus de persvoorlichting grotendeels aan hem overliet. De dynamick rond het nieuwe retrovirus had hysterische trekken, zodat er elke week wel iets uitgelegd of toegelicht moest worden in de pers.

Wigboldus woonde in een villa aan de rand van Amstelveen met zijn echtgenote en twee honden. Als Edward werd uitgenodigd voor het eten en ze het gazon overstaken naar het huis, adviseerde Wigboldus hem zijn voeten af te vegen aan het gras. 'Dan blijft de viezigheid van de stad een beetje buiten.'

Edward vond dat een onbegrijpelijke en hoogst onwetenschappelijke gedachtegang voor een internationaal vermaard viroloog. Excentriciteit, dacht hij. In de fauteuils lagen hun dalmatiërs, ze kregen hapjes toegestopt als ze aan tafel zaten. De vraag waarom er geen kinderen waren had hij nooit durven stellen.

Op een dag liep Edward het kantoor van Wigboldus binnen. 'Herman, iets waar ik je bij nodig heb.'

In kweken van menselijke cellen had hij verschillende effecten op de infectie waargenomen, waarmee zijn vermoeden bevestigd leek dat er twee virustypen waren. Ze werkten de hypothese uit en isoleerden systematisch virussen uit een grote groep patiënten. De ene hiv-variant richtte de zieke vlugger te gronde dan de andere. Niemand had dat eerder bedacht, hij was de eerste.

Er kwamen flessen champagne uit de koelers van het lab, de jubelstemming hield dagen aan. Edward promoveerde op zijn vondst, publiceerde er viermaal over in *Science* en *The Lancet* en maakte een reuzensprong in de hiërarchie. Van jongste onderzoeker was hij de tovenaarsleerling van Wigboldus geworden.

Zijn ingeving was een moment van openheid geweest, een zeldzaam moment van illuminatie – want hij bedreef wetenschap op de tast, als een duiker in troebel water.

Een enkele keer stond hij stil bij de wending die zijn leven genomen had. Van een degelijke *lab rat* was hij iemand van aanzien geworden, een man met een gezicht in de wereld. Alles dankzij een micro-organisme van eiwit en nucleïnezuur, dat zo klein was dat het alleen door een elektronenmicroscoop kon worden waargenomen. De hele wereld sprak erover, hij was een van de weinigen die het ooit in werkelijkheid hadden gezien.

Bij hun publicaties stond Wigboldus nog bijna altijd genoemd als belangrijkste auteur, ook bij onderzoeken die Edward had bedacht, maar hij stond dit zwijgend toe; er was een vorm van mutualisme tussen hen gegroeid die hij niet wilde verstoren met manifestaties van gekrenkte eer.

Op een congres in Berlijn merkte Edward voor het eerst een zekere gelatenheid op. Het was 1993, er was nog altijd geen uitzicht op een therapie, de *magic bullet* die het virus stopte. Tien jaar onderzoek had kleine verbeteringen gebracht, maar voor de meeste patiënten was de ziekte nog altijd dodelijk. Pas drie jaar later, met de introductie van de combinatietherapie, werd aids stilaan een chronische aandoening.

Hij dacht soms met weemoed terug aan de begindagen van het aidsonderzoek. Het leek of de creativiteit en de honger van destijds verdwenen waren. Niet alleen bij hem, maar in het hele onderzoeksgebied.

Daar ergens, in de wervelingen, was ook zijn moeder overleden. Pas het verdriet van zijn vader maakte zijn tranen los. De dag na de begrafenis was hij alweer aan het werk.

Het gemis kwam met kleine schokken, plotselinge realisaties van de leegte aan de rand van zijn leven. De vragen die hij niet meer kon stellen. De geruststelling van haar hand in zijn nek. Haar warme trots die hem altijd omgeven had, ongeacht wat hij deed. Soms betrapte hij zich op de gedachte: kom nu maar terug moeder, het heeft nu wel lang genoeg geduurd.

Herman Wigboldus was de eerste die durfde toe te geven dat de magie verdwenen was. Ze zaten in een Japans restaurant, de sashimi werd opgediend onder een stolp van ijs. Wigboldus tikte een gat in het ijs en verbrijzelde de stolp verder met zijn eetstokjes. 'Apart, dit,' mompelde hij.

Hij at haastig, als een veroveraar.

Zonder op te kijken vertelde hij dat hij erover dacht om ermee te stoppen. Aids was een farmaceutisch probleem geworden, er was geen reden meer voor fundamenteel onderzoek. Er lag een aanbod om vaccins te ontwikkelen voor een beursgenoteerd biotechnologisch bedrijf, het leek een goed moment om over te stappen.

Het geld roept hem, dacht Edward. Wigboldus was altijd al geïnteresseerd geweest in geld, en nu hij de vijftig naderde zag hij zijn kans schoon om nog een klapper te maken. Edward begreep dat zijn ontboezeming ook als aansporing diende voor hem om niet te blijven hangen, daar waar ze het beste al hadden afgeroomd.

Zijn toekomst kwam op vogelvleugels naar hem toe. In 1997 werden in Hongkong achttien mensen ziek door een vogelgriepvirus van het type H5N1. Zes patiënten overleden. Een op de drie. Aan de Spaanse griep was ruwweg een op de veertig zieken overleden. Wereldwijd ging alarm af, voor het eerst was het vogelgriepvirus direct overgedragen op de mens, zonder de voordien noodzakelijk geachte tussenkomst van een varken als gastheer. Er leek een ramp in aantocht, het was niet te voorspellen of er zes of zestig miljoen mensen aan ten prooi zouden vallen. In de regio Hongkong werden twee miljoen stuks pluimvee geruimd.

Dat was het begin. Er zat verandering in de lucht.

Edward maakte een afspraak met Jaap Gerson, directeur van het Centrum Infectieziektebestrijding in Bilthoven. Onderweg naar het hotel-restaurant langs de A1 dacht hij aan wat Wigboldus had gezegd. 'Het moment is weg. Het originele is eraf. We moeten onszelf opnieuw uitvinden, Ed, iets nieuws vinden. Opportunistisch zijn. Daar moet je je niet voor schamen. Opportunisme is goed.'

Nog voor de kroketten met brood waren bezorgd, zei Jaap Gerson: 'Voor iemand als jij heb ik altijd plek.'

Edward zei: 'Herinner jij je die grote demonstratie in Den Haag? Ik keek tv in de kantine toen jij naast me kwam staan. Je zei iets wat ik nooit vergeten ben. Zoiets als dat we niet ten onder gaan aan kernwapens maar aan virussen.'

Gerson knikte. 'Dat zou ik zomaar gezegd kunnen hebben.'

Edward reed bijna een jaar heen en weer tussen Amsterdam en Bilthoven. Toen verhuisde hij naar Utrecht, naar een huis met een tuin, ter zijde van het Wilhelminapark, dat hij spaarzaam inrichtte en waar hij, als hij 's avonds thuiskwam, soms het gevoel had op bezoek te zijn bij een vreemde. Hij voelde afgunst als hij naar de levens van anderen keek, hun comfortabele huizen en hun liefdes, de kinderen die ze kregen. Vanaf dat moment vormden ze gesloten eenheden, op zichzelf gericht, half van de wereld afgewend. Je was ze lang kwijt. Sommigen kreeg je nooit meer terug.

In 1999 kreeg hij de leiding over het Laboratorium voor Zoönosen en Omgevingsmicrobiologie en werd hem een bijzonder hoogleraarschap aangeboden, zodat hij eens per week lesgaf aan de universiteit van Utrecht over *The microbiological drivers for zoonosis emergence.*

Op zijn visitekaartje stond PROF. DR. EDWARD LANDAUER, maar hij leefde nog altijd als een dwarrelend blad. Zijn bestaan had zich net zo goed in Frankfurt of Singapore kunnen afspelen. Er waren vrouwen, ontmoetingen in het halfdonker, zinnetjes bij de uitgang van het café die de doorslag gaven: 'We kunnen drie dingen doen: jouw huis, mijn huis of ieder naar zijn eigen huis. Je mag kiezen uit de eerste twee.'

Hij was er bedreven in maar vond zichzelf niet langer geschikt voor dat lang volgehouden studentenbestaan. Hoe hij het moest veranderen wist hij niet.

Wat hem ontbrak realiseerde hij zich toen er op een dag een meisje langs het terras fietste waar hij koffiedronk. Lang nadat ze in de menigte was verdwenen en de steek van begeerte was weggeëbd, ervoer hij ook iets nieuws, een scherp gemis van iemand die hij nog niet kende, ver voorbij de stormen van de verliefdheid en de hachelijke jaren van het huwelijk, alsof hij vanuit de ouderdom terugkeek op een liefde die abrupt was afgebroken, wat hem een vermoeden gaf van de reikwijdte van zijn vermogen tot liefhebben. Het behoorde tot de momenten die hij nooit zou vergeten. Het beeld van het meisje op haar fiets droeg alles in zich, als het DNA van de micro-organismen die hij uit de hele wereld kreeg opgestuurd, maar was niettemin onmeetbaar licht, een glanzende luchtbel die stil door de tijd zweefde en die hij willekeurig waar en wanneer kon oproepen.

Toen de gelegenheid zich voordeed, nam hij Ruth mee naar een skicongres in Aspen. Op de luchthaven stond een chauffeur, hij hield een bord op. MR & MRS LANDAUER. Niet veel later stond Ruth voor het raam van hun kamer en keek uit over de stille, witte bergen. Edward lag met zijn armen onder zijn hoofd gevouwen op bed, tevreden als een gangster die zijn liefje onder de bankbiljetten bedolven heeft.

Ze draaide zich om. 'Wie betáált dit allemaal?'

'GlaxoSmithKline,' zei hij.

Ze keek weer naar buiten. 'We hebben geen idee,' zei ze tegen het glas. 'We hebben echt geen idee.'

's Morgens bezocht hij lezingen en begroette oude bekenden. Sprekers verschenen in skipak. Degene die de laatste lezing hield had zijn skibril al op zijn voorhoofd en zei: 'Dames en heren, ik hou het kort want u wilt natuurlijk alleen maar zo vlug mogelijk de piste op...' Gelach uit duizend kelen.

Edward en Ruth brunchten met wafels en ahornsiroop, blauwe bessen en gepocheerde eieren, en namen pas ver na het middaguur de eerste lift omhoog. Ze konden geen van beiden erg goed skiën. Hij had last van zijn gewrichten. Na een paar afdalingen legde ze in de lift haar hoofd op zijn schouder en zei dat zoiets als dit, dit fantastische uitzicht, haar onbestaanbaar had geleken toen ze klein was en opgroeide in Bozum, waar soms berglandschappen aan de horizon te zien waren – maar dat waren wolken die na een tijdje weer verdwenen waren, waarna je je weer gewoon in die groene uitgestrektheid bevond met hier en daar een kerktoren.

Toen al, vertelde ze op het terras waar ze 's middags uitkeken over een dal, hadden boeren de gewoonte om hun koeien zo veel mogelijk binnen te houden, ook in het voorjaar en de zomer – slechts een enkeling liet zijn vee los in de wei. Het kon ze gewoon niks schelen. Maar haar vegetarisme, het beslissende moment, was pas ontstaan nadat ze tijdens een logeerpartij bij een vriendinnetje had gehoord hoe de varkens 's nachts werden weggehaald van het erf. Het krijsen van de varkens die in de vrachtwagen werden geladen was zo onzegbaar verschrikkelijk dat die nacht een diep bewustzijn van het lijden van andere soorten in haar ziel werd gekerfd. Een dier dat zo gilde wist alles. Het bezat een vorm van bewustzijn van zijn lot en onderging een angst waarvoor geen geruststelling bestond. Dit had ze woordeloos begrepen. Die nacht was de grens tussen haar en al het andere dat leefde op deze aarde opgeheven, en als dat eenmaal gebeurd was, kon je nooit meer terug.

Er was geen afstand tussen het meisje dat verdriet voelde over deze dingen en de vrouw die hem haar herinneringen vertelde in de sneeuw.

Edward had het verhaal eerder gehoord, met kleine variaties en uitbreidingen, hij vergaf haar de herhaling. Hij deed zijn best om zich in te leven in het zielenleven van een meisje van negen, maar dacht soms met gevoelens van spijt terug aan de dingen die uit zijn keuken verdwenen waren, de scaloppine al limone en de lamskoteletten met een korst van broodkruim en Parmezaanse kaas, gerechten waarmee hij indruk had gemaakt.

Ruim twee jaar geleden, niet lang nadat ze elkaar ontmoetten, had hij een paar vegetarische kookboeken gekocht en zich thuis aan haar spijswetten aangepast; ze was streng in de leer over vlees, maar at bij uitzondering schaal- en schelpdieren. Een voordeel was dat hij zonder inspanning zes kilo verloor in het eerste halfjaar dat ze samen waren. De hoop dat zijn gewicht nog verder zou dalen was vergeefs, hij bleef rond de honderdtien kilo steken, wat nog altijd een kilo of twintig te veel was voor een man van zijn lengte.

Ruth had in het begin van haar studententijd macrobiotisch gekookt in de gaarkeuken van een kraakpand, maar was al vlug naar de bediening verbannen omdat ze geen talent had voor koken. Een enkele keer kregen ze vrienden te eten uit het activistische milieu waarin ze verkeerd had. Hun vegetarisme had iets dors en zeikerigs, vond Edward, waar het hare hem zuiver en edelmoedig leek.

Om vijf uur 's middags waren ze terug in het dal. Ruth ging naar het hotel, hij had nog verplichtingen. Een postersessie in het congrescentrum. Met de sneeuw nog aan de schoenen en een gin-tonic in de hand kuierden de onderzoekers langs elkaars posters. Twee jonge postdocs van zijn instituut, de beste van hun lichting, waren de avond tevoren in Aspen gearriveerd. Het meisje was helaas niet erg knap, het was een pre als ze er goed uitzagen. Lang geleden, toen hij zelf nog aio was, had hij met een hockeymeisje uit Laren bij een poster van het Amsterdamse researchinstituut gestaan – gevleid maar voor de vorm een beetje beledigd had ze gezegd: 'Ik heb in twee uur tijd drie onderzoeksplaatsen aangeboden gekregen!'

's Avonds liep hij met de postdocs vanuit het congrescentrum naar het hotel, de sessie was goed verlopen, een farmaceut had interesse getoond in hun methode om efficiënt virussen te doen muteren, en er was belangstelling voor de neutraliserende antistoffen waarmee in één klap een hele groep virussen werd uitgeschakeld. Dat was het enige onderzoek dat Edward nog zelf deed. Het virus dat hij onder handen had was afkomstig uit de intensieve veeteelt – hier en daar waren kleine uitbraken gemeld, de schade was beperkt gebleven. Een paar doden, de ruimingen – de who en de Food and Agriculture Organization werkten vlug en efficiënt. Het onderzoek riep herinneringen op aan de jaren in Amsterdam, maar kreeg tot zijn spijt nooit dezelfde urgentie. Misschien was hij eenvoudigweg niet meer tot zulke gevoelens in staat, omdat zijn hart langzaam wegsmeulde en uitdoofde.

Toen Ruth de hotelbar binnenkwam, hadden ze al tweemaal besteld. Ze droeg een Noorse trui en een glanzende witte broek.

Hij had, dacht hij, nog altijd niet het gevoel dat ze van hem was. Alsof hij haar niet veroverd maar door diefstal verkregen had. Er was iets aan haar wat hem hongerig maakte, en opwond. Er waren vrouwen die dat behielden, zoiets blozends en gezonds. Als ze ouder werden, verschoot hun blonde haar slechts een paar tinten en werden ze grijsblond, zoals Linda Evans in *Dynasty*. Hij bedacht zich dat niemand in het gezelschap zou weten wie Linda Evans was. Hun jeugd had andere beroemdheden gekend.

'Je moet een paar lessen nemen,' zei de jongen tegen Ruth, 'dan ga je met sprongen vooruit.'

'Letterlijk,' zei het meisje.

Edward zag haar niet graag met leeftijdgenoten. Het bracht aan het licht wat er gebeurd was in de tijd dat ze samen waren: hij werd niet jonger van haar, zij werd ouder van hem. In gezelschap van leeftijdgenoten nam ze haar ware leeftijd weer aan, licht en sprankelend, terwijl hij op zijn eiland ver in de toekomst achterbleef, grommend in zijn baard.

E dward Landauer dacht weinig terug aan zijn jeugd, maar bewaarde een paar sterke herinneringen aan de tochten die hij als jongen maakte rond zijn dorp. Hij dwaalde langs houtwallen en over heidevelden, over het schietterrein van Defensie en door de uitgestrekte bossen daarachter. Het was een landschap dat hij zich als leeg herinnerde, alsof er nauwelijks andere mensen waren, een wereld die nadien verdwenen leek te zijn; een schip, geluidloos gezonken aan de horizon.

Soms zag hij een betonnen kadaverbak en opende hem met een hunkering die hij zelf niet begreep. De metalen klep had een contragewicht en bleef rechtop staan als je hem eenmaal geopend had. Hij zag kalveren, schapen en varkens, soms nog met het geboortevlies bedekt, en een heel enkele keer een veulen – een arke Noachs van de dood; hij verdwaalde in de pelagische leegte van hun zachte ogen. Maden kropen uit hun bek en anus. Rillend van genot bestudeerde hij de zwellingen en vergroeiingen, maar soms was het jongvee gaaf en ongeschonden en was niet te zien waaraan het gestorven was. Iets in hun innerlijk had deze volmaakte dieren gedood. Een constructiefout.

Waarde er een hoogpathogeen virus rond in de stallen van de vee-industrie, dan dacht hij wel eens terug aan de kadaverbakken van vroeger – bijvoorbeeld wanneer hij tijdens spoedzittingen van de Voedsel- en Warenautoriteit adviseerde om vee te ruimen. Vijfendertig miljoen kippen op tien vierkante kilometer konden binnen een paar dagen verdwenen zijn. De aantallen gingen zijn voorstellingsvermogen te boven. Een stal vol kuikens, een golvend oppervlak van wemelend leven; waar de boer liep, week de zee uiteen. In virusvrije stallen had Edward gezien hoe boeren zieke en verzwakte exemplaren tussen de andere vandaan plukten en vlak achter de kop doodknepen. De tik van het schedeltje op de klomp was voor de zekerheid. Ze gooiden ze in emmers vol dode kuikens. Hun arm had de beweging ontelbare keren gemaakt, ze gooiden bijna altijd raak. Als de kippen al groter waren, trok de boer een kruiwagen achter zich aan door de stal.

Niemand liet een traan om de kippen. Met varkens en koeien was dat anders. De apocalyptische beelden van mannen in witte pakken die dode varkens en koeien met grijpers in vrachtwagens laadden, stonden veel mensen op het netvlies gegrift.

Bij een uitbraak van een vogelgriepvirus werden alle kippen vergast, waarna slecht betaalde en nauwelijks geïnformeerde studenten of asielzoekers de stallen kwamen leegruimen. De vrachtwagens van Rendac hadden de kadaverbak vervangen. De dood was uit het landschap verdwenen zoals ook de levende dieren stilaan uit het landschap verdwenen waren – ze leefden in steeds grotere aantallen in steeds grotere stallencomplexen, waar ze in korte tijd een verbijsterende groei doormaakten.

Hij ontkwam er niet aan om er soms met Ruth over te praten, waarbij hij zich terugtrok achter de feiten. De meeste epidemieën, zei hij, braken uit in Azië omdat daar veel contact was tussen mens en dier. Op markten vond je eenden en kippen op hopen. De keten was eenvoudig in kaart te brengen. Eenden waren vaak drager van virussen afkomstig van wilde soortgenoten, en besmetten daarmee de kippen. De markten werden druk bezocht, het was geen wonder dat juist daar het vogelgriepvirus voor het eerst oversprong op de mens. Voegde je daarbij de verstedelijking en één miljard globale reisbewegingen per jaar, en je wist hoe binnen een paar dagen een pandemie kon ontstaan. Kippen moesten daarom onder beschermde omstandigheden worden gefokt. Elke stap die ze buiten zetten was een risico. Voor de kip en voor de mens. Vergeet niet, zei hij verder, dat de Spaanse griep ongeveer twee procent van de mensheid heeft weggevaagd – wat voor ons ongeveer drie à vier begrafenissen per maand zou betekenen.

Haar verweer was van ijzer. Als de wereld zo was, zei ze, dan zou ze niet zo mogen zijn. Kapitalisme en schaalvergroting hadden haar dat lelijke aanzien gegeven, en Ruth lag er soms van wakker dat hij de belangen van de industrie diende.

Hij antwoordde dat hij niet hield van wat hij zag, het was niet mooi en niet goed, maar hij ging niet over esthetiek en moraal, hij bestreed alleen de ziektes die het gevolg waren van de wereld zoals ze was, om erger te voorkomen.

'En de pijn van dieren?' vroeg ze.

De vraag was van een overrompelende naïveteit.

Hij zei: 'De mens is ook een dier.'

'Pijn is slecht,' zei ze. 'Je zou niets moeten doen wat de hoeveelheid pijn in de wereld vergroot.'

Hij probeerde in te schatten of er ruzie ophanden was, toen ze vroeg: 'Weet jij wel wat pijn is? Echte pijn? Ik denk dat je dat niet weet, anders zou je niet door zo'n stal kunnen lopen zonder iets te voelen.'

'Dus om de pijn van de kip te kunnen navoelen, moet je die zelf ervaren hebben... Wat is dan kippenpijn, volgens jou?'

'Angst en verwarring,' zei ze onmiddellijk.

Hij had zijn vraag smalend bedoeld zonder smalend te klinken, maar angst en verwarring waren, als hij terugdacht aan de kippenschuren die hij had bezocht, inderdaad vrij precieze aanduidingen voor de staat waarin de kuikens en kippen zich hadden bevonden.

Er waren tekenen: toen hij een laboratoriumjournaal las, zei Marjolein van Unen, een analiste die hij vaag aantrekkelijk vond: 'Straks zijn uw armen nog te kort.' Ze deed haar witte laborantenjas uit als hij binnenkwam, ze droeg t-shirts met een laag uitgesneden hals. Hij verdomde het om naar de opticien te gaan vanwege de profetie van zijn schoonvader – hij was nu vijfenveertig, de voorspelling was tot op het jaar nauwkeurig gebleken. Ruth vond het kolder dat hij het lettertype op de beeldschermen van zijn telefoon en laptop almaar vergrootte en zocht een ovaal brilletje voor hem uit, met hetzelfde montuur dat ook Schubert en Mörike al op hun neus hadden gedragen. De letters sprongen van de pagina's tevoorschijn, hij begreep niet waarom hij zo lang genoegen had genomen met het waas over de woorden.

Soms, als hij fretten met een wattenstaafje virusmateriaal toediende boven in hun keel, herinnerde hij zich de vraag die Ruth hem had gesteld: *weet jij wel wat pijn is?* Hoe kon je weten of je daar gevoelige of ongevoelige receptoren voor bezat? Het was geen objectiveerbare categorie. Pijn was onmeetbaar. Een onbegrijpelijke wetenschappelijke omissie, als hij erover nadacht. Tussen de middag keek hij rond in de kantine van het instituut en zag zichzelf tussen alle epidemiologen, immunologen en virologen, een realist tussen de realisten, allen in dienst om de status-quo te handhaven. Wisten zij wat pijn was? Konden zij hun eigen pijn in verband brengen met de pijn van de dieren waar ze mee werkten? Hij keek op het dienblad waarop hij zijn lunch had geassembleerd. Een bekertje melk en een broodje kroket (tweemaal koeienpijn), een banaan (*bananen*pijn?) en een broodje fricandeau. Van het varken, dacht hij. Hij zag twee laboranten van zijn afdeling aan een tafeltje zitten.

'Dag Hester, dag Marjolein,' zei hij. 'Vinden jullie het goed als ik hier mijn broodje varkenspijn opeet?'

'Professor doctor Landauer,' zei Marjolein van Unen.

De spot ontging hem niet. Juist het ontbreken van opzichtige schoonheid wond hem op. Er was iets beschikbaars aan haar, zoals bij sommige meisjes in zijn geboortedorp, over wie het verhaal ging dat ze met iedereen meegingen achter de kerk.

Tweemaal per week ging hij naar een sportschool. Hij had een tijdje hardgelopen in het park maar verdroeg de blikken van de tegemoetkomende joggers niet. Hij schrok van de mannen die hem inhaalden, hun hatelijke gesnuif, het zweet dat over hun gezichten stroomde. Het leek verdomme wel of ze je kwamen beroven.

In de sportschool keek hij naar de commerciële zenders op televisies boven zijn hoofd, terwijl uit de luidsprekers onbenullige popliedjes schalden. Een zwijgende stoet televisiekoks en beursanalisten trok op de beeldschermen voorbij, de nieuwslezers met hun lachjes. Alleen wanneer er een superieur lichaam in zijn blikveld bewoog, keek hij op: het meisje met een driekwartlegging aan en haar prachtige billen, de zwarte jongen die met bestudeerde achteloosheid zijn rekoefeningen deed. De aanblik van een schitterend lichaam vernietigde elke positieve gedachte die hij over zichzelf had; klein en waardeloos trok hij aan de gewichten, eigenlijk wilde hij meteen naar huis.

In de auto troostte Edward zich met de gedachte dat hij tenminste nog leefde, in tegenstelling tot de narcistische homo's met hun sportschoollichamen die hij te gronde had zien gaan in zijn Amsterdamse jaren, maar hij wist hoe slap zijn innerlijk verweer was, hoe mager de troost die hij putte uit het feit dat 'alles het in elk geval nog deed'.

Zijn vroegere gevoelens van dissociatie wanneer hij thuiskwam waren verdwenen. Ruth had zichzelf aan zijn huis toegevoegd en het van hen gemaakt. De hal en de wc beneden waren geschilderd in wat ze 'Caraïbische kleuren' noemde, de vensterbank van de wc lag vol schelpen die ze van het Noordzeestrand had opgeraapt. Er vielen bergjes zand uit.

'Dat je zo kunt wonen!' had ze gezegd toen ze voor het eerst met hem meeging. Ze was niet gevoelig voor zijn tegenwerping dat de chaise longue en een stoel van leer en hout *design* waren.

Ze stond een tijdje met zijwaarts gebogen hoofd voor zijn boekenkast en zei: 'Heb je ze allemaal gelezen?'

'En onthouden,' zei hij.

Zijn schaarse huisraad was gaandeweg ingekapseld in de vloed aan spullen en spulletjes die ze had ingebracht. Ze had haar eigen studeerkamer boven, waar ze eindelijk haar afstudeerscriptie afschreef, niet uit inspiratie maar uit het plichtsbesef dat de generaties voor haar in haar hadden geplant. Toen ze die kamer inrichtte, stond er niets in, niet één verhuisdoos of doorgezakte stoel was er te vinden. Hij dacht dat hij er misschien eenmaal binnen was geweest, tijdens de bezichtiging, maar had er, zoals hij zei in antwoord op haar verbazing, verder nooit iets te zoeken gehad.

'Blauwbaards kamer,' zei ze, 'met niets erin.'

Ze werkte nu vier dagen per week bij een stichting die het financiële gedrag van huishoudens onderzocht, en adviseerde het ministerie van Sociale Zaken over de financieel-economische situatie van kwetsbare groepen. Het was een keer voorgekomen dat ze op dezelfde avond op televisie waren, zij over stille armoede onder ouderen en Edward over de dreiging van bioterrorisme. 'Typisch,' zei ze, 'jij bij de commerciëlen en ik bij de publieke omroep.'

Hun reis naar Aspen had haar de verwevenheid van wetenschap en industrie doen inzien, en ook al had hij haar proberen uit te leggen dat het niet anders ging omdat allerlei fundamenteel onderzoek anders niet gedaan zou worden – sterker, dat ook zijn leerstoel werd gesponsord door Danone en GlaxoSmith-Kline –, haar weerzin nam hij er niet mee weg. 'Ik geloof je wel,' zei ze, 'maar het zou niet zo moeten zijn. Het hoort niet. Hoe zou je nog objectief kunnen zijn? Wat maken ze eigenlijk, pillen?'

'Pillen, alles.'

'Je maakt mij niet wijs dat ze niks terug willen voor zo'n vakantie naar Amerika.'

'In de harde wetenschap is het al heel lang zo,' zei hij. 'De onderzoeker met een zuiver intellectuele belangstelling, met zijn rug naar de wereld, die bestaat helemaal niet. Zo is het al lang niet meer.'

'Je geeft geen antwoord.' Ze schopte haar schoenen uit, wat onder de omstandigheden iets onheilspellends had.

'Het is waarschijnlijk allemaal heel ingewikkeld,' zei hij, 'maar helemaal in het begin van het proces is het nog behoorlijk simpel. We proberen problemen op te lossen. Zodat de dokter niet met lege handen staat als jij gebeten wordt door een teek of onbeschermde seks hebt in Gambia.' Hij strekte zijn arm naar haar uit. 'Trouwens, over onbeschermde seks gesproken...'

'We hebben een gesprek, verdomme.'

Ze was ongemerkt in een polemische stemming geraakt, ze zou haar gelijk verdedigen tot voorbij de grenzen van het redelijke.

'Wat wil je dat ik zeg,' zei hij. 'Dat ik een pion ben van de industrie? Dat ben ik niet. Bestaat dat gevaar? Ja, dat bestaat. Ik ken jongens die de grens opzoeken, eroverheen gaan soms, maar dat betekent niet dat je alles en iedereen op dezelfde hoop kunt gooien, dat –'

'Volgens mij was anders iedereen er op dat congres. Iedereen. Eten, drinken, skiën, een beetje netwerken en dan weer eten, drinken, skiën...'

'En dat wil zeggen?'

'Dat jij je net zo goed laat fêteren... De chauffeur, de welkomst-cocktail, de kamer...'

'Misschien zit het je dwars dat je er zo van genoten hebt,' zei hij.

Ruth stond op en liep naar de keuken. Hij pakte zijn glas en liep achter haar aan. Ze staarde door het keukenraam in de donkere tuin. Er hing een haarlok voor haar gezicht. 'Weet je,' zei ze voor zich uit, 'het was de eerste keer dat ik zoiets meemaakte. Ik had geen idee van de verleiding. Het was echt heel fijn. Het eten, de lekkere wijn, de bergen. Ik heb me in slaap laten sussen. Maar nu begrijp ik hoe zoiets in zijn werk gaat.' Ze draaide haar gezicht naar hem toe. 'Het was de laatste keer dat ik meeging. Ik hoop dat je dat begrijpt.'

Haar boosheid had plaatsgemaakt voor iets anders, iets gelatens, maar nu laaide in hem de woede op. 'Dat is... eh...' Hij knikte, zijn ogen gesloten. De reizen, de hotels met hun lambrisering en spiegelwanden, ze hoorden thuis in zijn voorstelling van het leven dat ze samen zouden hebben. Nu had het hem verdacht gemaakt. Ze zag de klem rond zijn kaken, ze wachtte op de uitbarsting, maar toen hij zijn ogen opende had hij zijn woede uit het zicht gewerkt. Langzaam zei hij: 'Je neomarxistische vrienden zullen trots op je zijn. Maar ik ben... *not amused.*'

Dat was het. Verder ging hij niet. Hij ging naar boven en liet haar in de keuken achter, een onbevredigde vrouw; ze schonk zich een staartje wijn in.

Ze had gezien dat hij zich inhield, hij had niet verborgen kunnen houden dat hij niet durfde. Hij kon zich geen ruzie herinneren waarin hij zich had laten gaan. Hij beheerste zich, wat een grotere krachtsinspanning was dan welke strijd ook.

Ruth kon, dacht hij, als de ruzies elkaar steeds vlugger zouden opvolgen en hun liefde vernietigden, nog gemakkelijk opnieuw beginnen. Ze was succesvol en aantrekkelijk en nog maar eenendertig, ze had nog een paar levens over. Ze kon nog kinderen krijgen.

Zijn laatste verjaardag had hij aan zich voorbij laten gaan, hij nam zelfs de telefoon niet op. Ze hadden samen gegeten in het restaurant in het park. Hij was blij met het horloge dat ze hem gegeven had, een Omega met een witte wijzerplaat, een schitterend cadeau, al leek het, zei ze, een beetje iel rond zijn pols. Later, toen hij al flink gedronken had en een paar keer ongelovig 'zesenveertig' had gemompeld, zei ze dat ze hoopte dat hij het horloge niet verkeerd zou uitleggen. Het was bedoeld om hem te herinneren aan de tijd die er nog was, en niet aan de tijd die er niet meer was.

Toen ze tegen middernacht naast hem kwam liggen, ontwaakte hij uit een lichte slaap. Ze luisterden naar elkaars ademhaling in het donker.

F riso Walta, Ruths jongere broer, is een man die alle Natascha's van deze wereld 'liefje' noemen omdat hij het uitgeteerde gezicht heeft van een poëzievernieuwer en de manieren van een man die in een pak geboren werd. Ze kroelen in zijn blonde baard en strelen zijn haren in zijn slaap. Hij heeft schapen gehoed in Australië en muziek gemaakt in de straten van Lima, maar nu is aan dat leven een einde gekomen. De vrouw op wie hij verliefd werd bleek nog een grotere egomaniak dan hij: ze legde een briefje op tafel en liet hem met hun kind achter in Amsterdam-Zuidoost. Hunter heet de jongen, naar de Amerikaanse cultschrijver, hij is op het strand in Bali verwekt en in een ziekenhuis in Honfleur geboren. Hij is bijna vier maar kan de naam van zijn vader nauwelijks uitspreken omdat zijn mondspieren te slap zijn; heel soms valt uit zijn gebrabbel een woord op te maken. 'Oep' als zijn luier vies is, 'flessie drinke' als hij dorst heeft. Zijn vader speelt gitaar en zingt 'Oh baby, baby, it's a wild world' tot hij tranen in zijn ogen krijgt. Het kind heeft chronische diarree omdat er alleen maar poedermelk in huis is.

's Middags nemen ze de metro naar het centrum, een Surinaamse vrouw zegt geschrokken: 'Dat kind is veel te wit hoor! Dat moet in de zon!'

Op het Rokin zingt Friso liedjes van Cat Stevens. Voorbijgangers gooien muntjes in zijn hoed, hij glimlacht deemoedig. Hij heeft een hoge, beetje nasale stem. Het kind slaapt in zijn wagen.

Als Hunter vijf jaar oud is, gaat hij naar school. De lerares meldt zijn taalachterstand aan Bureau Jeugdzorg, in haar rapport schrijft ze dat hij het ontwikkelingsniveau heeft van een kind van drie. Hij schuift liever over de grond dan dat hij loopt en is nergens tegen ingeënt omdat zijn vader meent dat hij er 'recht op heeft om kinderziektes door te maken'. Onder druk van uithuisplaatsing gaat Friso akkoord met opvoedingsondersteuning – tweemaal per week komt er een vrouw langs die met het kind speelt en taalspelletjes met hem doet; in haar bijzijn ontwaakt het soms uit zijn lethargie. Op woensdagmiddag komt er een andere vrouw langs die Friso elementaire kennis over de opvoeding bijbrengt. Hunter krijgt wat kleur en maakt nu eenvoudige zinnetjes als 'Hunter wil banaan', 'papa is stom' en 'daar komt de zeehond'. De hulpverleners rapporteren dat toezicht nodig blijft maar dat 'vader in staat is gebleken om de adviezen te begrijpen en in praktijk te brengen'. De gezinsvoogd zal vanaf nu eens per kwartaal een bezoek brengen aan het gezin, wat gemiddeld genomen neerkomt op slechts twee contactmomenten per jaar omdat niet nagekomen afspraken niet worden verzet maar simpelweg komen te vervallen.

Zo groeit Hunter Walta op, een bleek, onzeker kind, onder de hoede van een vader die een vorm van wereldverzaking aanhangt die neerkomt op verwaarlozing van zichzelf en zijn kind.

Op een morgen gaat de bel, Ruth doet open. 'Mijn mooie zuster,' zegt de man in de deuropening. Ze laat hem binnen, ze weet niet goed wat ze moet zeggen. Hij heeft een kind bij zich, dat zich achter hem verbergt. Ze zakt door haar knieën en zegt: 'En jij, kleine man, jij moet Hunter zijn?'

Aan de keukentafel vraagt ze waarom hij gekomen is. 'Ik kreeg je adres van mam,' zegt hij. Ze kijkt naar de jongen. Er is iets met hem maar ze kan niet goed uitmaken wat. Hij zuigt krachtig aan zijn speen.

'En de heer des huizes,' vraagt Friso, 'waar is die?'

'Edward werkt,' zegt ze.

'Dat moet ook gebeuren.' Hij kijkt rond, de blik van een inbreker. 'Goed huis, mevrouw. En een speeltuin om de hoek. Alles klaar voor een kindje.'

Ergens in zijn jeugd heeft ze hem verloren. Hij heeft besloten een vreemde in haar leven te zijn. In ieders leven.

Hij wil het kind voor een week bij haar achterlaten, hij moet naar Montreux om iets te regelen, hij zegt niet wat.

's Avonds zegt ze tegen Edward: 'Hij was alweer weg voordat ik er erg in had.'

'Guerrillatactiek.'

Ze kijken naar het kind dat op de bank ligt te slapen onder een quilt. Zijn blonde Walta-haren vallen over zijn gezicht, hij ademt door zijn mond. 'Het is een schattig joch,' zegt Ruth.

'En zijn moeder, waar is die?'

'Een Française, geloof ik. Ze heeft Hunter bij hem achtergelaten, zei mam. Ik kan hem eventueel naar Friesland brengen...'

'Maar?'

'Het is mijn neefje. Ik ken hem helemaal niet. Ik kan een paar dagen vrij nemen...'

Zo komen ze aan een kind voor een week. Al die tijd is Edward bezorgd dat haar broer niet zal komen opdagen en hen met het kind zal laten zitten. 'Ep' noemt de jongen hem. Hij neemt hem een paar keer mee naar de speeltuin in het Wilhelminapark. 'Ep, tillen!' Hij weigert om zelf het trapje van de glijbaan op te klimmen, Edward plaatst hem met een grote zwaai op het platform. Hunter gilt als hij naar beneden glijdt. Motorisch is hij veruit de mindere van andere, veel jongere kinderen. Op zijn dikke beentjes waggelt hij tussen de speeltoestellen door, hij verliest Edward niet uit het oog. Hij is over het algemeen teruggetrokken maar heeft soms kleine woede-uitbarstingen waarin hij schepjes en emmers van anderen afpakt. De kinderen heten Sophie of Olivier, ze hebben geleerd dat geweld verwerpelijk is en ondergaan het passief en lijdend, slachtoffers van de strategie van hun ouders. Edward moedigt de jongen in stilte aan, even later bezorgt hij het speelgoed zelf terug.

Ruth voegt zich bij hen. Ze heeft een oranje wollen shawl omgeslagen, het is een zomer die maar niet wil aanbreken. Boven de boomkruinen hangt een bewegingloze grijze hemel; stollingsgesteente.

Ze heeft nooit aan zichzelf gedacht als *moeder*, in feite leeft ze nog altijd in een lang uitgesponnen meisjesachtigheid, maar de laatste tijd, als haar handen bezig zijn en haar gedachten onbestemd rondgaan, ziet ze soms een kind voor zich. Het heeft geen gezicht, het bestaat nog slechts uit lichte, zachte materie, de essence van het kinderlijke. Het zijn dagdromen, maar soms dringen de voorstellingen zich in haar bewustzijn naar voren en worden *gedachten*, een gewichtsvermeerdering. Edward komt bij haar op het bankje zitten, ze ziet zweetdruppeltjes onder zijn haarlijn. Hij lacht, 'wat denk je, zullen we er ook zo eentje nemen?', en op dat moment is ze zo radeloos verliefd op hem dat er tranen in haar ogen springen.

Nog een gedachte in haar die nauwelijks woorden heeft: door een kind zal haar verhouding met deze eenzelvige man aan betekenis winnen – de dynamiek van een *Dritte im Bunde*. Het vooruitzicht een leven lang met hem samen te zijn, zonder de tussenkomst van een rustverstoorder, beklemt haar. Ze zullen langzaam met ijskristallen begroeid raken, kleine witte glinsteringen in zijn baard en op haar gezicht, rond haar ogen en haar mond, en geleidelijk in een vriendelijke pose verstarren; in bevroren toestand wachten ze het einde af.

Hij slaat zijn arm rond haar schouders en trekt haar in de beschutting van zijn lichaam. Hunter kijkt naar hen, bang om Edwards aandacht te verliezen, en gaat dan in zijn eentje op een wipwap zitten.

's Avonds, de jongen slaapt in een bedje dat ze voor hem hebben gekocht bij IKEA, zegt ze opeens: 'Ed, ik wil misschien wel een kind.'

Hij is even stil, zegt dan: 'Daar was ik al bang voor.'

Ze speurt zijn gezicht af maar ziet dat hij welwillend is en niet cynisch. Ze komt voor hem staan, knielt als een slavin voor haar meester en schuift een hand in de zijne. 'Mag ik je vragen wat je verdere gedachten zijn?' vraagt ze half plechtig.

Hij knikt naar boven, waar Hunter slaapt. 'Komt het door hem?'

Ze haalt haar schouders op.

'Ik denk,' zegt hij dan, 'dat we het maar moeten doen... Ons leven, alles, het zal allemaal veranderen, maar... Ik bedoel, de hele wereld krijgt kinderen, dus waarom zouden wij het niet kunnen?' En, even later: 'Wat doen we, een jongen of een meisje?'

Als hij zijn glas bijvult, denkt hij aan het effect van alcohol op de kwaliteit van zijn zaad. Dat, en de afnemende behoefte aan seks die hij de laatste tijd ervaart, die hij aan het drinken toeschrijft.

Ze trouwen in het voorjaar van 2005 in Saint-Valery-sur-Somme. 's Morgens heeft het licht geregend, maar de wolken zijn boven zee weggedreven. De kapel ligt in de velden boven het dorp, in de houten banken is een klein gezelschap verzameld. Van de belangrijke mensen ontbreken alleen Friso en Hunter. Ruth heeft haar broer de avond ervoor een paar keer gebeld maar hij nam niet op.

'Misschien duikt hij wel gewoon op straks,' zegt ze. 'Hé hallo, daar ben ik...'

Edward legt zijn hand op haar wang en strijkt de verdrietige trek rond haar mond weg.

De priester is een ijzige asceet. Hij staat boven de tombe van een middeleeuwse kluizenaar die Walaric heette en als Saint Valery wordt vereerd. Een heilige, er gebeuren wonderen aan zijn graf. Vormelijk en gedecideerd spreekt de priester zijn zegen over het huwelijk uit.

De zon staat op z'n hoogst. Rijstkorrels glinsteren in het licht. 'Ik heb d'r niks van verstaan maar het was prachtig,' zegt Edwards schoonvader. Ze drinken champagne en dalen af naar de *source de la fidélité* die uit de heuvel onder de kerk vandaan stroomt – een donkere bron, afgesloten met een ijzeren vlechtwerk. De priester heeft de sleutel, maar hij is al in zijn Peugeot gestapt en weggereden over de smalle landweg. Edward en Ruth poseren onder het woord FIDES dat in de steen boven de poort is uitgehakt, werpen muntjes door het hek in het zwarte water daarachter en kussen elkaar opnieuw. Iedereen joelt en klapt.

Aangeschoten en gelukkig lopen ze door de weilanden naar het dorp terug. Het estuarium aan de voet van de heuvel is leeggelopen, slikken glimmen in het licht.

In de wc-spiegel van het restaurant op de kade kijkt hij vluchtig naar zichzelf. Hij ziet eruit als een Griekse zanger, met zijn grijs doorschoten baard en de bovenste twee knopen van zijn sneeuwwitte overhemd open.

Op de tafels staan zilveren schalen vol schelpdieren op ijs, een tafereel van overvloed. Edward kijkt opzij naar zijn echtgenote, hoe ze de poot van een krab kraakt en leegpeutert. Bij uitzondering, zegt ze, omdat ze niet weet hoe je 'duurzaam gevangen' zegt in het Frans. Hij wenst dat zijn moeder deelgenoot had kunnen zijn van zijn geluk. Schuin tegenover hem zit zijn vader, zijn haar wit en schuimend, met zijn nieuwe vriendin naast zich. Kan hij ooit opnieuw zo gelukkig worden als hij met zijn moeder is geweest, vraagt Edward zich af. Is de mens inderdaad slechts eenmaal volledig toegerust om lief te hebben, zoals hij eens gelezen heeft, of krijg je nog zo'n kans? Is het leven zo genereus? Hij laat de zoete pijn toe van de gedachte aan een leven zonder haar, en kan zich niet voorstellen dat zijn beker nog eens zo vol zal raken.

Hij drinkt koele, lichtgroene wijn, Ruth fluistert in zijn oor dat ze van hem houdt, en dat ze straks, als ze alleen zijn –

Daar laten we hen achter, te midden van hun geluk, aan de monding van de rivier die tweehonderdvijftig kilometer landinwaarts ontspringt.

Omdat Ruth maar niet zwanger werd, volgde er een vruchtbaarheidsonderzoek. Edward trok zich af in een ziekenhuiskamertje waar beduimelde seksboekjes lagen en een geluidloze film uit de prehistorie van de pornografie werd vertoond. Hij sloot zijn ogen en dacht aan Marjolein van Unen – ze trekt de drukknopen van haar laborantenjas een voor een open. Haar borsten, huid die glinstert van jeugd. Ze leunt achterover op haar kruk, met haar rug tegen de zuurkast, en laat hem bij zich binnen...

De receptioniste vulde zijn gegevens in op een sticker die ze op het potje plakte, zodat zijn zaad niet verwisseld zou worden met dat van de Noord-Afrikaan naast hem, uitdrukkingloos als fruit. Ze passeerden elkaar even later stapvoets rijdend op de parkeerplaats, de Noord-Afrikaan in een verweerde Fiat en hij in zijn Volkswagen Touareg. Zijn zaad mocht misschien net zo slecht zijn als dat van een immigrant, zijn auto was superieur.

Een paar weken later vertelde de gynaecoloog hem dat slechts vijfendertig procent van zijn zaad levensvatbaar was, 'ongeveer evenveel als dat van een trucker'. Achter de man waren geboortekaartjes op een prikbord gestoken. Vreugde, vreugde. Hij vertelde over zijn fertiliteitsonderzoek, dat zich concentreerde op bijzonder vruchtbare mannen. 'Als je wilt weten wat Porsches zo goed maakt,' zei hij, 'dan moet je Porsches onderzoeken en geen Trabantjes.'

Ze verlieten zijn spreekkamer nadat hij hen had ingelicht over de te verwachten toekomst: een traject waarin ze in oplopende graden van wanhoop langs de wonderen van de moderne voortplantingstechniek zouden worden geleid. Intra-uteriene inseminatie, in-vitrofertilisatie, en als het dan nog altijd niet lukte ICSI, de intracytoplasmatische sperma-injectie, waarbij de levendigste zaadcellen tussen al het dode materiaal werden uit gevist en werden geïnjecteerd in het plasma van de eicel. Er werden twee bevruchte eicellen teruggeplaatst in de baarmoeder, wat de oververtegenwoordiging van het aantal tweelingen veroorzaakte bij deze behandeling. In de parkeergarage streek ze met haar wijsvinger over zijn kruis en zei: 'Een *Trabantje*, schat?'

Plicht sloop hun seksleven binnen. Ze vrijden met ongemakkelijke lichamen, Ruth hield bij wanneer het moest. Van niet drinken op weekdagen werd hij soms zo chagrijnig dat ze uitriep: 'Maak in godsnaam een fles wijn open!'

's Avonds, als ze voor de badkamerspiegel stonden, zag hij een jonge vrouw en een oude man. Op zijn vijftigste heeft iedereen het gezicht dat hij verdient, had Orwell gezegd, maar dat moment was naar Edwards overtuiging al op zijn bijna-achtenveertigste aangebroken. Er waren dagen waarop hij zijn slaapgezicht niet meer afzette.

Hij stelde vast dat Ruth en hij sluipenderwijs in een tragische leeftijdsdynamiek waren terechtgekomen. Zij had zich aan zijn leeftijd aangepast, in plaats van aan zijn karakter. Ja, zo was het gegaan: zij werd ouder door hem en hij werd nog ouder dan hij al was door haar. Hij waakte ervoor om, als hij naakt was in haar aanwezigheid, voorover te buigen omdat dan zijn buik en borst zich van zijn geraamte leken los te maken en in vormeloze plooien omlaag vielen, maar zakte in plaats daarvan door zijn knieën om de dop van de tandpasta op te rapen. Hij probeerde er geen steunend geluid bij uit te stoten.

Misschien was dit zijn pijn, dacht hij, de pijn die Boeddha genoemd had als een van de voornaamste bronnen van lijden: het scherpe bewustzijn van het verval. Met een vrouw van zijn eigen leeftijd zou dat anders zijn geweest, vermoedde hij, ze zouden samen waardig oud zijn geworden en hun ogen discreet gesloten hebben voor elkaars aftakeling.

Ruth en hij zouden niet samen oud worden. Hij was het al en zou, als de demografie haar algemene wetten toepaste, niet oud genoeg worden om het haar te zien worden. Wat had hij er niet voor over om te kunnen terugkeren naar het allereerste begin, toen hij door deze dingen nog niet zo werd gekweld als nu. De triomf toen hij haar veroverd had! Maar nu, zes jaar later, wist hij dat het een overwinning was die nooit kon worden opgeëist. Wat begon als overwinning, was nu een ongelijke strijd.

Elke ochtend nam hij een handvol pillen waarvan de werking niet of nauwelijks was aangetoond. Hij schaamde zich een beetje voor zijn onberedeneerde geloof dat zeewier, ginseng en propolis in staat waren hem jeugd en kracht te schenken, maar relativeerde dit met de herinnering aan Herman Wigboldus die zijn schoenzolen afveegde op de grasmat voor zijn huis.

Voor het overige doorstond hij de vergelijking met zijn vroegere leermeester niet, zomin als die met Jaap Gerson, dwingende persoonlijkheden die meenden dat het geluk hun rechtens toekwam. Als paratroepers daalden ze op het leven neer en overmeesterden het met geweld. God, wat een achteloze kracht, dacht Edward – kracht waarvan hij wist dat hij die kon nabootsen, maar niet werkelijk bezat. Hij kon een vrouw verleiden met de suggestie ervan, maar haar daar op de lange duur niet mee overtuigen.

Ruth stond lang onder de douche, een teken dat ze zich klaarmaakte om seks met hem te hebben. Hij vroeg zich af of hij in staat was de benodigde lust op te wekken. Misschien als hij haar likte.

Ze wreef een wak in de beslagen deur van de douchecabine en drukte haar neus ertegen. Hij gaf er een kus op. 'Ik kom zo,' zei ze vanonder het geruis van de waterstralen. In bed lag hij met zijn geslacht te spelen in de hoop er alvast wat leven in te brengen.

Hij wist nog goed hoe het was om alleen al een stijve te krijgen door ernaar te wijzen, in tegenstelling tot het resultaat van gerichte inspanningen dat hij Ruth eens 'hardachtig' had horen noemen.

'Het enige wat ik op jullie voorheb,' had hij eens tegen zijn studenten gezegd, 'is dat ik weet hoe het is om jullie te zijn, terwijl jullie er geen flauw idee van hebben wat het is om mij te zijn. Dat is ons enige voordeel, voor de rest is de wereld op jullie ingericht. Wij mogen misschien de koopkracht bezitten, jullie bezitten het oneindig veel waardevollere kapitaal van de toekomst, wat die ook mag zijn.'

Toen Ruth even later naast hem schoof en fluisterde 'sorry, schat, je moet weer even', vervloekte hij niet voor het eerst dat je zelfs aan een zo buitengewone schoonheid als de hare kon wennen. Alles werd gewoon, en wat was gewenning anders dan het voorportaal van de dood? Haar schoonheid leidde ook niet vanzelfsprekend tot geilheid, integendeel, iemand als Marjolein van Unen wond hem ontegenzeggelijk sterker op dan zijn duizendmaal knappere echtgenote. En met dat meisje voor ogen – de vinger die hij in haar kontgat schoof – wist hij zijn opdracht tot een goed einde te brengen.

Tijdens de zwangerschap, had Nijmeegs sociaalpsychologisch onderzoek uitgewezen, was er zevenentwintig keer zoveel kans dat de man vreemdging als in alle andere fasen van het huwelijk. Waar de man zich tijdens periodes van ziekte en herstel van zijn echtgenote nog zo goed en zo kwaad als dat ging inhield, en meer in het algemeen: tijdens het langzame maar zekere proces van verlies van schoonheid en levenskracht, ging hij er tijdens de zwangerschap echt op los. De periodieke seksuele bezetenheid van zijn opgeblazen echtgenote beangstigde hem, haar uitpuilende schaamlippen en overdadig slijm producerende geslacht maakten hem een beetje misselijk. Daarbij had hij een sterk en over het algemeen vrij adequaat voorgevoel dat zijn leven na de geboorte van het kind zo goed als voorbij zou zijn – meer redenen voor overspel had hij niet nodig.

Na een afdelingsuitje in een rondvaartboot op de Amsterdamse grachten en het IJ, en daarna nog een borrel in Hoppe aan het Spui, besloot Edward om niet de nachttrein naar Utrecht te nemen maar met de taxi naar huis te gaan. Naast hem op de achterbank zat Marjolein van Unen. Terwijl ze kusten, opende ze zijn gulp en trok hem af tot hij bijna klaarkwam. Hij bracht de beheersing op om haar hand tijdig weg te duwen. Ze lieten zich afzetten op het Centraal Station en vonden een openbare wc. Hij diepte een euro op uit zijn zak en dacht: een euro om te pissen is best veel, maar een euro om te neuken is een koopje. Hij sloot de deur achter hen en trok haar broek en slip uit. Zij ging op de pleepot zitten en leunde met haar handen op het deksel, hij ritste zijn broek open en knielde tussen haar benen. Zo neukte hij Marjolein van Unen voor het eerst, onder het licht van paarse tl-buizen en in de geur van oude pis. Hij kwam klaar alsof het de eerste keer was, en in zekere zin was dat ook zo. Ze hing met haar rug tegen de muur en glimlachte als een heilige. Dit was het dan, dacht hij, hier ging het om, deze grenspassage vanwaar geen terugkeer mogelijk was – de kut van Marjolein van Unen, het middelpunt van het heelal.

Ruths zwangerschap verliep sereen, droomachtig, ze had nauwelijks last van de ongemakken waar ze vriendinnen over had horen vertellen, de aanhoudende misselijkheid en onverklaarbare pijnen. Ze voelde zich een beetje afwezig, maar op een manier die ze prettig vond, alsof ze nauwelijks contact maakte met de fysieke wereld. Ze richtte haar studeerkamer in als babykamer en ging er elke dag even binnen om rompertjes, sokjes en mutsjes te herschikken, haar bewegingen geladen met een gloed van verwachting waar ze geen woorden voor had. Ze vertelden niemand dat het een jongetje zou worden, en dat hij Morris zou heten. Al was hij nog niet eens geboren, Edward wist nu al wat het was om onderdeel uit te maken van de kleine samenzwering tegen de buitenwereld die het gezin was. Niet alleen Ruth was zwanger, het hele huis was het – het straalde uit tot in het park en ver daarachter. Hun principiële gesprekken waren teruggebracht tot vriendelijk gekeuvel over wie hun zoon zou zijn en welke eigenschappen ze wel in hem hoopten terug te zien en welke niet. Het leven verdichtte zich tot een cocon waar alleen zij in pasten. 's Morgens bleef zij daarin achter en vertrok hij naar het instituut, waar hem de confrontatie met Marjolein van Unen wachtte, die zich weliswaar een discrete minnares toonde, maar hem elke dag opnieuw het ontheemde gevoel gaf dat hij opeens lichtjaren verwijderd was van de kleine, gecapitonneerde wereld die hij nog maar net verlaten had. Hij had zichzelf buitengesloten en bestreed de gedachte dat dat onomkeerbaar was.

Ze was achtentwintig, even oud als Ruth toen hij haar ontmoette. Ze had een tweekamerflat in Kanaleneiland, hij had haar gevraagd de geurkaarsen te verwijderen omdat Ruths geurzin door haar zwangerschap verscherpt was.

'Dat ik dat ook nog voor je doe,' zei ze.

'Ik ben je baas.'

'Kom, baas.'

Ze was klein en tenger en heel beweeglijk. De honger van magere vrouwen. Ze wist hoe ze haar bekken onafhankelijk van de rest van haar lichaam moest bewegen en was wat Tiberius een 'sluitspierartiest' noemde, in die zin dat ze hem, terwijl ze uiterlijk bewegingloos op hem zat, met sterke, inwendige contracties tot een orgasme kon brengen. Ze deed haar best, ze had tantracursussen gevolgd en technieken geleerd die ze met een nauwelijks zichtbaar glimlachje op hem toepaste. Het was hem niet duidelijk wat ze van hem wilde. 'Wat vindt je vriendje hiervan?' vroeg hij eens. Ze legde een vinger op zijn lippen. 'Sst. Alles waar je over praat manifesteert zich.'

Haar geslacht was fraai geproportioneerd en haarloos, ze kende geen schaamte. Soms, als ze op handen en knieën voor hem zat, schudde ze het haar voor haar ogen weg, en het duurde even voordat hij begreep wat hij zag. *Ze gedraagt zich alsof er een camera bij is...* Het ijdele geschenk van de pornografie...

'Heb je iets te drinken?' vroeg hij, en even later kwam ze de kamer binnen met een fles Metaxa die ze uit Griekenland had meegenomen. Ze lagen achterover op de matras, hij hield het glas in zijn ene hand en legde zijn andere tussen haar benen, waar het open en nat was. 'Ik wist alles al,' zei hij. 'Hoe je smaakt, voelt, ruikt, ik wist het allemaal al.'

'Wat saai dan,' zei ze.

'Integendeel.'

'Kreeg je een stijve als je aan me dacht?'

'Duizendmaal,' zei hij.

Ze kwam uit Veghel, haar vader was overleden toen ze zeven jaar oud was. Een maand later was er een nieuwe man in huis. 'Mijn moeder kon niet alleen zijn. Nog steeds niet.'

De man had haar aangerand toen ze twaalf was, ze had erover gezwegen maar het huis al op haar vijftiende verlaten. Ze noemde het 'moeilijke tijden', maar te midden van de woelingen had ze de havo weten te voltooien en was ze toegelaten tot de laboratoriumschool in Leeuwarden, zo ver mogelijk bij haar ouderlijk huis vandaan.

'Van welk jaar ben jij?' vroeg ze.

'Achtenvijftig,' zei hij.

Zonder een spoor van verbazing zei ze: 'Mijn moeder ook. Welke maand?'

'Mei.'

'Grappig. Dan ben je ouder dan zij... Een stier zeker.'

Het harde licht van een namiddag in de late zomer. Het genadeloze uur. Marokkaanse jongens raceten op scooters door de straat. Met een teder gebaar veegde ze een paar van zijn lange wenkbrauwharen in het gelid.

Hij zag ingelijste foto's van haar en een goedgebouwde jongen. Op een ervan droeg hij een wetsuit, op een andere het uniform van het Korps Mariniers. Een omhelzing bij een vertrekhal. 'Hij zit in Afghanistan,' zei ze. 'We skypen bijna elke dag.'

'Als hij terugkomt,' zei Edward, 'dan is hij een veteraan. Een jaar of dertig, en al –'

'Hij is tweeëndertig.'

Hij heette Michel, hij had haar opgevangen toen ze dreigde af te glijden. 'Zonder hem was ik hier niet geweest. Niet zo.'

Op de wc hing een poster met de tekst: 'If nothing ever changed, there'd be no butterflies.' Toen ze zijn voeten masseerde, begon hij te huilen. Niemand had zijn verwaarloosde voeten ooit zo aangeraakt.

'In je voeten komen heel veel meridianen samen,' zei ze. En: 'Volgens mij ben je veel gevoeliger dan je zelf denkt.'

Als hij thuiskwam, wist hij niet of hij Zhuang Zhou was die droomde dat hij een vlinder was of een vlinder die droomde dat hij Zhuang Zhou was, maar door het Wilhelminapark sloop 's nachts een man met een automatisch vuurwapen en camouflagestrepen op zijn gezicht, die zijn huis binnendrong en het vuur opende op het tweepersoonsbed en de wieg ernaast.

D it droomt hij tijdens haar zwangerschap voor de eerste keer: hoe ze hem verlaat en hun kind heeft meegenomen. Hij zal ze niet terugvinden. Hij kan in Utrecht blijven wonen of naar Amsterdam gaan, zoals er ook een variant is waarin hij terugkeert naar het dorp van zijn jeugd. Het maakt geen verschil, hij is van alles losgesneden. Hij kan naar links of naar rechts, niets weerhoudt hem ervan willekeurig welke richting in te slaan – alleen de weg terug, die is afgesloten. Ergens in de witte wereld staat hij, bevroren, catatoon. Hij probeert het leven zoals het was voordat hij haar ontmoette weer op te nemen, maar daarvoor is hij nu echt te oud geworden. Hij zal alleen blijven en af en toe teleurgesteld en vol walging iemand ontmoeten via een datingsite, en soms in tranen uitbarsten om zijn herinneringen. Dit heeft hij van zijn leven gemaakt, een woestenij die zich naar alle kanten uitstrekt, en van alle gevoelens die hij ooit bezeten heeft zijn nog slechts angst en verwarring over. Schrijf deze man in als kinderloos, een man die in zijn dagen geen geluk heeft...

De droom bevatte merkwaardig praktische elementen, vond hij, die niet thuis leken te horen in de uitgestorven ruimte waarin hij zich bevond. Hoe dan ook ontwaakte hij elke keer met zo'n overweldigend gevoel van opluchting in het bed dat hij deelde met Ruth, dat hij zich heilig voornam zijn leven te beteren. Met een rilling van eenzaamheid kroop hij tegen haar zwangere, slapende lichaam aan. Hij had er een puinhoop van gemaakt maar het kon nog worden rechtgezet, het was nog niet te laat. Ze hoefde er nooit iets van te weten en hij zou het, als hij nu ophield met alles wat hem omlaag trok en de losse eindjes netjes afhechtte, op den duur vergeten. Het zou nooit gebeurd zijn, of zoiets worden als de herinnering aan een boek dat je als kind las, waarvan je de sfeer nog kon oproepen maar waaruit de gebeurtenissen waren vervluchtigd.

O p een morgen vroeg in januari maakte Ruth hem wakker en zei rustig: 'Ik geloof dat de weeën begonnen zijn.' Om halfzeven verlieten ze het huis, hij droeg een tas met babykleertjes en luiers en haar nachthemd. Het was rustig op de weg. Zijn hand lag op haar bovenbeen. Geen wolken, voorgevoel van een heldere, koude dag. Rijp glinsterde in het gras in de berm. 'Ik dacht dat het gewoon buikpijn was,' zei ze, 'maar toen ik ging tellen was het zó regelmatig...'

Op de kraamafdeling waren maar twee kamers bezet. Haar buik werd ingesmeerd met gelei en ze kreeg een hartslagmeter om. De verloskundige instrueerde haar nog eens over de ruggenprik, die ze op elk gewenst moment kon krijgen. Ruth grimaste onder een wee. 'Probeer te ontspannen,' zei de vrouw.

Edward was een paar keer meegegaan naar een haptonoom, hij had geleerd hoe hij haar moest geruststellen en om samen te ademen, maar wist, nu het zover was, dat er alleen maar van hem werd gevraagd om niet-hinderlijk aanwezig te zijn.

'Blijf je bij me?' vroeg ze.

Hij streek over haar bezwete voorhoofd. 'Ik ben hier. Maak je geen zorgen.'

Een halfuur later zat ze op handen en knieën op het bed en loeide; de pijn had haar tot een dierlijke staat teruggebracht. Hij geneerde zich vagelijk en dacht aan het schreeuwen van de varkens dat ze als meisje had gehoord.

'*Niet. Je. Hand. Daar!*' steunde ze tussen twee weeën door. Schielijk trok hij hem van haar onderrug terug.

'Het gaat heel goed, meisje,' zei de verloskundige, 'je doet het geweldig.'

Soms verliet de vrouw de kamer om pas na een halfuur terug te keren. Edward stond iets bij het bed vandaan en keek naar zijn vrouw. Het moest in eenzaamheid worden ondergaan, de pijn zelf bleef verborgen, hij zag er alleen de uitwendige manifestaties van – de schreeuw, de ondulerende melodieën van smart.

Empathie was de sleutel tot de pijn van een ander, had ze eens gezegd. Onrustig peilde hij zijn innerlijk. Daar was zijn vrouw. Ze leed. De pijn van een amputatie zonder narcose, werd het genoemd. Hij huiverde door de misvorming van haar stem. Hij zou haar hebben getroost als ze zijn aanraking verdragen had, maar hij kon niet tot haar lijden doordringen. Daar was zij en hier was hij, machteloos en nutteloos. Hij kon de grens niet oversteken. In haar wereld leek bijna iedereen daartoe in staat, zij en haar vrienden waren principieel verbonden met het lijden van de wereld, uitgesplitst in deelgebieden als onderdrukte vrouwen, politiek gevangenen, proefdieren, consumptiedieren en Tibetanen. Hun leed trof hen direct, emotioneel, hun zenuwstelsel was met dat van anderen verknoopt. De pijn van een ander was een voorwaarde voor een zinvol bestaan.

Er was een tweede verloskundige de kamer binnengekomen. Het aantal handelingen nam toe. De zenuwachtige urgentie. 'Ruggenprik!' zei Ruth. 'Ik wil hem!'

De verloskundige suste haar. 'Het duurt niet lang meer. Je hebt al bijna volledige ontsluiting.'

'Nu!'

'Je mag zo gaan persen, hou nog even vol.'

De schreeuw ging over in zacht gejammer. De strijd op leven en dood. Een Azteekse vrouw die in het kraambed stierf werd met militaire eer begraven.

'Liefje,' zei Edward indringend, 'hij is er bijna. Kun je nog heel even?'

'*Fuckfuckfuck.*'

Ze sloeg naar hem toen hij te dicht bij de onderkant van het bed kwam, ze wilde niet dat hij zou zien wat daar gebeurde. Tussen haar benen keek de verloskundige naar hem op en knikte. 'En... pers!' zei ze. 'Pers!'

Het was of ze een nat stuk zeep probeerde vast te houden toen ze hun kind tevoorschijn haalde. In één beweging legde ze het op Ruths buik. 'Mijn mannetje,' zei ze lachend en huilend tegelijk, 'daar ben je eindelijk.'

Edward kuste haar verhitte voorhoofd en boog zich over zijn zoon, een blauwig wezentje met bloed en slijm bedekt. Hij rook sterk ijzerachtig. Dit was het dus, dacht hij, deze triomf. Hij grijnsde van oor tot oor. De verloskundige bood hem een schaar aan en hij knipte de stugge, rubberachtige navelstreng door. Morris werd schoongemaakt en gewogen, en toen ze uren later naar huis gingen met het kind in de drager, voelden ze zich bang en onoverwinnelijk als een tienerstel in een gestolen auto.

De eerste dagen met een pasgeboren kind. Geluk zo broos als filigraan. De herinneringen zijn niet vast te houden, de euforie komt in vlug opeenvolgende golven. Er is een foto van

Edward, hij ligt op de bank met zijn ogen dicht en zijn mond een beetje open. Zijn ene arm ligt onder zijn hoofd en met de andere houdt hij Morris vast die op zijn borst ligt te slapen. Voor op het geboortekaartje komt een foto uit die serie met alleen het jongetje erop, zijn schedel bedekt met fijn blond haar en een verkramping rond zijn mond die voor een glimlach door kan gaan.

Het lijkt of de atmosfeer van vriendelijk geluk in huis verstoffelijkt is, denkt Edward, alsof hij haar kan vastpakken als hij wil. Er zijn nauwelijks gedachten over het leven daarbuiten. Hij verlangt naar niks anders dan dit. Hij wil niet aan Marjolein denken. Het maakt hem onrustig. De inzet is verhoogd. Er is alles te verliezen.

Tijdens een gesprekje op de parkeerplaats van het instituut zei ze al gemerkt te hebben dat er iets veranderd was. Ze begreep het, zei ze, het was ook niet niks wat hij nu meemaakte. Er kwamen wolkjes uit haar mond. Ze zwaaide naar hem vanuit haar auto, hij glimlachte dankbaar. Dit besloot zijn faux pas, dacht hij, het was gemakkelijker gegaan dan hij had verwacht.

Een paar maanden na de geboorte gebruikt Ruth het woord 'huilbaby' voor het eerst, dan nog in ontkennende zin. 'Hij is geen huilbaby,' zegt ze, 'hij heeft alleen moeite om op aarde te komen.' Het beeld van zijn zoon als ruimtereiziger bevalt Edward. Uit zijn baan geraakt en in het verkeerde melkwegstelsel beland – maar waar hoort hij dan wel?

Morris lijkt alleen met verfijnde, langdurig volgehouden methoden in slaap te krijgen, en juist wanneer ze een routine gevonden hebben, begint alles weer van voren af aan.

Het is twee weken na zijn geboorte begonnen, alsof hij door pijn of het afscheid van zijn leven als ruimtereiziger wordt gekweld. Hij verscheurt hun nachten met gehuil. De wieg staat aan haar kant van het bed, ze slaapt met haar hand op zijn buik. Als ze hem probeert terug te trekken, schrikt hij wakker en huilt. 's Nachts dwalen ze door het huis met de baby op de arm, wiegend, sussend. Het serene geluk van de eerste weken heeft plaatsgemaakt voor prikkelbaarheid en wanhoop. Morris krijgt Zantac tegen reflux, Edward is te moe om iets bijdehands te zeggen over de producent ervan, GlaxoSmithKline.

Zo komt het geluid Edwards leven binnen, als een staking van onafgebroken claxonnerende vrachtwagenchauffeurs, voorafgegaan door een optocht van de vereniging Brommers zonder Uitlaat. Honderd ordeloos weeklagende Semitische weduwen sluiten de rij. Hij kan zich niet verdedigen, het dringt zijn weerloze oren binnen en kruipt onder zijn huid. Ook het achteloze lawaai van de wereld brengt hem buiten zinnen – een ekster in de dakgoot of een schreeuw in het park, alles kan zijn zoon uit zijn moeizaam bevochten slaap halen. In de frequenties van mauwende katten in de tuinen of vliegtuigen hoog in de lucht hoort hij het gehuil van Morris; zijn hart begint te bonken, zijn nekhaar staat overeind. *Hij is wakker... Hij is verdomme weer wakker...*

Op het instituut schrikt hij soms op achter zijn beeldscherm omdat hij zijn zoon hoort in een droog scharnier.

'Hij huilt niet zomaar,' zegt Ruth, 'of om jou dwars te zitten. Je lijkt te vergeten dat hij echt ergens last van heeft.'

De pijn van het jongetje steeg vanuit de diepte van zijn organen op naar zijn hersenen, maar de oorzaak bleef onzichtbaar. Ook Zantac en Motilium leken die niet te bestrijden. Ruth sleepte hem naar artsen en kruidendokters, een osteopaat gleed met gepolijste handen zijn bewegingsapparaat langs. In zijn wieg hing een haardroger omdat het geluid hem leek te kalmeren.

Tegen de tijd dat ze een halfjaar oud zijn, hielden Ruth en Edward elkaar voor, is het ergste meestal weer voorbij. Dan komen ook de hardnekkigste huilbaby's tot bedaren. Een halfjaar was een grens ver voorbij hun uithoudingsvermogen. Augustus zouden ze niet halen, lang voor die tijd zou het gehuil ze gebroken hebben, zoals de muren van Jericho waren verpulverd door het onophoudelijke schallen van de ramshoorns.

Haar geduld was groter dan het zijne, ze had nooit de aanvechting om Morris met geweld het zwijgen op te leggen. Ze verbaasde zich over de vlammen van machteloze woede die in hem omhoogkwamen, en nam de baby van hem over omdat ze vond dat hij 'onnatuurlijk' wiegde. 'Zo wordt hij nooit stil.'

Zijn zoon de orgelpijp.

Soms, als Morris hem lijkt te herkennen, is Edward ontroerd. Zijn rode handjes grijpen in het luchtledige. Edward streelt zijn dunne blonde haartjes, zijn allerzachtste gezicht. Bij de fontanel kun je het bloed zien kloppen.

⁓

Warme, lange dagen, vroeg voor de tijd van het jaar. In de keuken zwermen vliegen rond de kattenbak en de broodsnijplank. Hij slaat ze dood met een dubbelgeslagen theedoek. Elke keer als hij denkt dat hij ze allemaal gehad heeft, zijn er weer nieuwe. Ze barsten open onder de droge klappen van de theedoek maar sterven niet altijd meteen. In de blokken zonlicht op de vloer ziet hij hun doodsstrijd. Ze trekken natte sporen over de tegels, een alfabet van vliegenpijn.

In 1780 schreef Jeremy Bentham:

Er zijn tijden geweest, en helaas zijn die tijden nog lang niet overal voorbij, waarin het grootste deel van onze soort, onder de noemer 'slaven', net zo door de wet werd behandeld als, bijvoorbeeld in Engeland, de lagere diersoorten op dit moment. Misschien komt er ooit een dag dat alle soorten de rechten zullen krijgen die ze door de tirannie van de mens zijn onthouden. De Fransen hebben al ontdekt dat een zwarte huid geen reden mag zijn om mensen genadeloos bloot te stellen aan de grillen van een folteraar. Misschien komt er een dag dat wordt erkend dat het aantal benen, de behaardheid van de huid of het uiteinde van het staartbeen net zomin reden mag zijn om andere gevoelige wezens te mishandelen. Wat voor strikte criteria zouden er nog meer kunnen worden gehanteerd? De gave van de rede, of de gave van het woord misschien? Maar een volwassen paard of hond is onnoemelijk veel rationeler en aanspreekbaarder dan een zuigeling van een dag, of een week, of zelfs een maand oud. En ook al was het tegendeel het geval, wat zou dat dan voor verschil maken? De vraag is niet: kunnen zij *redeneren*? of: kunnen zij *praten*? maar: kunnen zij *lijden*?

De pagina hing op het prikbord in de wc. Hij was *munitie*. Lang geleden had hij de fout gemaakt om Ruth over zijn proefdierlijnen te vertellen. In fretten was het verloop van virusinfecties het best te volgen. Het was precisiewerk, met een paar minieme mutaties veranderde een dodelijk griepvirus in een milde variant, terwijl milde virussen opeens dodelijk konden worden.

Hij keek soms met de ogen van Ruth naar de dieren in hun kooien en zag dat verveling de eerste vorm van lijden was waaraan ze werden blootgesteld. Ze verzorgden zich niet langer en vertoonden dwangmatig gedrag. Endorfines boden enige verlichting in hun prikkelarme bestaan. Hoe vaker en hoe langer hij keek, hoe zwakker zijn ontkenning van hun lijden werd. Het waren die gebroken nachten, dacht hij. Het huilen van zijn zoon had hem verzwakt. De ideeën van zijn echtgenote en een Britse utilitarist waren als parasieten door zijn haperende afweer gedrongen. Zelfs voor bepaalde televisieprogramma's was hij gevoeliger geworden. Bij een programma waarin oude geliefden werden herenigd, vocht hij tegen zijn tranen.

Lang geleden was hem geleerd dat dieren geen pijn hadden. Een oud cartesiaans idee waarop men nog maar kortgeleden was teruggekomen. De ontkenning was nu verfijnd. Dieren konden weliswaar pijn hebben, maar niet lijden. Lijden was aan de mens voorbehouden. De mens dankte zijn lijden aan zijn bewustzijn. Om precies te zijn: pijn vermeerderd met de herinnering aan pijn én de pijn die verwacht werd, was een van de oorzaken van het menselijk lijden. Dieren bezaten zulk bewustzijn niet, en als ze al pijn hadden, dan was die verdwenen zodra de pijnprikkel werd weggenomen. Aangezien zijn zoon nog goeddeels onbewust was, nam Edward dan ook niet aan dat hij leed, maar dat hij pijn had.

Het was een mechanistische benadering die goed functioneerde zolang je haar niet in de war bracht met lastige vragen en de notie van soortoverschrijdende empathie, die hij tot voor kort als sentimentaliteit had afgedaan. Het was al zo moeilijk om je in de pijn van een soortgenoot te verplaatsen, dacht Edward, dat begrip van pijn van andere dieren zo goed als onmogelijk was.

Fretten die ervaring hadden met een injectienaald doken sidderend weg voor de hand met de witte handschoen, ze hijgden van angst. Edward was, nu hij op een krukje voor de kooien zat en zich probeerde *in te leven*, geneigd dit te interpreteren als herinnering. Het was reflexmatig gedrag, geïnstrueerd door nociceptieve neuronen in het ruggenmerg en niet door de hersenen, maar niettemin het gevolg van negatieve ervaringen. Als dat een primitieve vorm van *lichamelijke herinnering* was, kon je dan niet ook spreken van een primitieve vorm van lijden? De fysiologie van de zoogdieren in het laboratorium verschilde niet wezenlijk van die van de mens, juist vanwege de overeenkomsten werden ze gebruikt. En net als de mens werden ze geregeerd door pijn en genot. Minder complex maar principieel hetzelfde.

De consequentie van Benthams ideeën, dacht hij, zou een nieuwe indeling moeten zijn, een taxonomie van het lijden. Er moest een nieuwe Linnaeus opstaan, die pijn classificeerde. Er bestond nog altijd geen instrument dat pijn objectief kon meten. Om pijn vast te stellen bij mensen werd een schaal van 1 tot

10 gebruikt waarop de patiënt zelf de intensiteit van de pijn kon aangeven, maar een instrument dat als een thermometer de pijn in weefsels en organen kon lezen, bestond nog niet. Om tot een nieuwe taxonomie te komen, dacht Edward, móest pijn gemeten kunnen worden. De pijnprikkel mocht objectief zijn (het uittrekken van een nagel, het uitsteken van een oog), de ervaring van die prikkel was persoonlijk. En hoe kon je deze dingen meten bij wezens die zich niet verbaal konden uitdrukken, bij een paard, een hond, bij Morris?

In zijn dagdroom wordt pijn even fanatiek onder handen genomen als aids indertijd. Laboratoria draaien overuren, instrumenten blinken in het koude licht. De nociceptieve keten van zoogdieren wordt afgetast met fijn gereedschap, het netwerk van zenuwuiteinden, vezels en gangliën wordt blootgelegd – ergens in deze keten ligt het geheim besloten. Steeds verfijnder worden de folteringen, naalddunne wijzers geven scores aan tot achter de komma. In hoeverre hebben dieren pijn, herinneren ze zich die pijn en vrezen ze nieuwe pijn? Kunnen zij *lijden*...?

De wereld wacht gespannen op de nieuwe taxonomie uit de pijnfabrieken. Als het lijden van andere soorten overeenkomt met of zelfs gelijk is aan de mate waarin de mens lijdt, dan zijn de gevolgen niet te overzien. De antropocentrische benadering die de mens in het centrum plaatst van het rijk van de pijn, zal hebben afgedaan, de foltering van miljarden proef- en productiedieren zal de grootste smet op de mensheid zijn. Wanneer dieren *recht op lijden* verkrijgen, is er geen maat voor het mea culpa, de excuses, de herinneringscentra en monumenten van spijt.

Alle geluiden uit de laboratoria worden uitgezonden op een speciaal daartoe opengesteld radiokanaal. De pijn van gewervelden, de pijn van ongewervelden. Sommige dieren kronkelen en sidderen, maar kunnen zich niet verstaanbaar maken. (Het kanaal zwijgt.) Andere dieren brullen, gillen, fluiten, piepen, blazen en zuchten – wat over het algemeen vrij zekere maar lastig te interpreteren graadmeters zijn voor pijn. Radio Pijn is 24/7 in de lucht, we luisteren naar hun kreten in het donker.

De Bhagavad Gita definieert de mens als een wond met negen openingen. Het grote pijnonderzoek definieert de hele wereld als een gapende wond; haar openingen zijn ontelbaar.

Edward wreef in zijn ogen. Hij was erg moe.

Eind mei neemt Edward deel aan een radioprogramma van de vpro dat vier uur zal duren. Er wordt een uitbraak van H5N1 nagebootst, een crisisteam moet de noodzakelijke maatregelen nemen. Jaap Gerson leidt het team, andere deelnemers zijn een commandant van politie, een hoge ambtenaar van het ministerie van Binnenlandse Zaken en een generaal b.d. uit Wassenaar. Edward is gevraagd uit hoofde van zijn functies als directeur van het Laboratorium voor Zoönosen en Omgevingsmicrobiologie en adviseur van de who. In Azië en Zuid-Europa zijn al honderden doden gemeld. Hier stijgt het aantal besmettingen vlug.

Gedurende de marathonuitzending worden ze telkens van nieuwe feiten en omstandigheden voorzien door verslaggevers, zogenaamd ter plaatse. 'Miljoenen mensen dreigen aan deze invasie ten onder te gaan,' heeft de gespreksleider in de inleiding gezegd, 'maar anders dan in The War of the Worlds is er nu geen bacterie die de mensheid zal redden, nee, het is juist een virus dat de mensheid bedreigt.'

Een vliegtuig uit Bangkok met als bestemming Schiphol bevindt zich nu boven Turkije. Passagiers en bemanning zijn waarschijnlijk allen besmet. De generaal b.d. zegt dat het leger assistentie zal verlenen op de luchthaven. 'We plaatsen iedereen uit dat vliegtuig in quarantaine,' zegt hij. 'Een onsympathieke maar noodzakelijke maatregel.' Hij heeft zijn Wassenaarse villa verlaten om een goede tijd te hebben in de studio. Een redactrice van het programma schenkt hem regelmatig witte wijn bij. Edward bestudeert hem zo aandachtig – hoe hij de aandacht van het meisje trekt, met zijn vinger in zijn glas wijst en 'ijsblokjes!' mimet – dat hij soms even de draad van het gesprek kwijt is. Hijzelf drinkt bier, het is warm in de studio.

Gerson legt uit wat er in de laboratoria gaande is. 'Het wachten is op een virusremmer. En dan moeten we er nog een paar miljoen van produceren, dus dat kan wel even duren allemaal.'

Een verslaggever meldt dat een paar honderd passagiers op Schiphol zich tegen hun gedwongen isolatie verzetten. Groepjes mannen proberen te ontsnappen.

'En hun bagage dan?' zegt Edward. Niemand lacht.

Onder de passagiers zijn veel zieken. Er zijn gevechten uitgebroken. Ook in ziekenhuizen weigeren mensen zich te laten opsluiten.

'Moeten ze vooral doen,' zegt Edward. Hij legt de betekenis van R_o uit, het reproductiegetal, de verspreidingsmaat van het virus. Binnen tien dagen kunnen miljoenen mensen besmet zijn.

'Dus?' vraagt de gespreksleider.

'Tijdens de varkenspest hebben we tien miljoen varkens geruimd, en tijdens de MKZ-crisis meer dan honderdduizend. Beide zijn ongevaarlijk voor de mens, maar wel gevaarlijk was de uitbraak van H7N7 in 2003. Toen zijn er vijfendertig miljoen kippen geruimd. Het gaat me om de maatregelen, die moet je durven nemen. Een ethicus zal misschien zeggen dat je niet eens één leven mag nemen om dat van honderd anderen te redden, maar wij zitten hier om besluiten te nemen, nietwaar?'

De gespreksleider herhaalt het getal vijfendertig miljoen. Zijn verbijstering is authentiek.

'Allemaal vergast,' zegt Edward. 'Ik denk... Je moet impopulaire maatregelen durven nemen om erger te voorkomen.'

'Mensen ver*gassen*?' zegt de gespreksleider.

Edward heft zijn handen aan weerszijden van de microfoon voor hem op tafel. 'Ze zijn ongeneeslijk ziek. Infectiehaarden.'

Er valt een stilte.

'Ik bedoel –' Hij realiseert zich zijn fout; het onbewaakte moment. Het bloed stijgt naar zijn hoofd. Gersons ouderlijk huis in Hilversum, vlak bij de studio, waar de blinden altijd gesloten bleven. Hij was in een verduisterd huis opgegroeid. Altijd *Sperrzeit*. Licht was leven, licht was vreugde. Op de Poolse vlakte was het licht gedoofd.

'De woorden onsympathiek en noodzakelijk zijn al eerder gevallen...' De gespreksleider probeert de boel weer op gang te brengen.

Ondraaglijke hitte onder zijn oksels, in zijn liezen. Hij transpireert. Langs de breuklijn wordt het gesprek hervat. Nog meer dan twee uur te gaan.

Als hij thuiskomt zegt Ruth: 'Jezus, Ed, had je gedronken of zo?'

Hij werd naar haar toe getrokken, als water naar het laagste punt. Hij liet zich gaan, uiteindelijk, hij was niet gemaakt om zich schrap te zetten. Haar jonge huid op de zijne, de extase – het benaderde het geluk van de eerste keer, dichterbij kon hij niet komen. Ze deed hem denken aan een kat die je in het licht van de koplampen zag wegglippen in het hoge gras van de berm. Hij voelde zich goed bij haar. Hij begreep waarom. Hij kon het uitleggen, het was schitterend in zijn eenvoud. Het ging over die weeffout in zijn bestaan, zijn huwelijk. De voortdurende krenking die zijn leeftijd was. Zijn krakende knieën. De barsten die zonder aankondiging in zijn gezicht sprongen en hoe zelfs zijn hersenen uit*zakten*. De smet van de ouderdom. Zo verstond hij zijn huwelijk, als een tragische onevenwichtigheid. Een die niet kon worden hersteld. Niet door henzelf. Er was een derde voor nodig. Een kind, dit meisje. Ze smeedden driehoeken. Nadat hij naar Marjolein was teruggekeerd, had hij het opeens begrepen: het bezit van een mooie jonge vrouw was alleen te verdragen door een nog jongere minnares te nemen. Dit herstelde het evenwicht. Het bracht de schalen in balans. Het werkte. Voor nu.

Hij schrok wakker, zonlicht lag op hun voeten. *Verdomme verdomme*. Hij schoot zijn kleren aan. 'Je T-shirt zit verkeerd om,' zei ze. Haar benen lagen obsceen uit elkaar op het laken. Details konden je ondergang worden.

'Er is een probleem,' zei Ruth onder het eten. Hij hield de schrik binnen zijn huid. Ze had niks gezien. Sinds Morris er was, leek ze hem nog maar nauwelijks op te merken. Soepel als jonge gewrichten gleden ze langs elkaar heen.

Het ging over haar broer, Friso, hij was zijn huis uit gezet.

'En wat kun jij daaraan doen?' zei Edward.

'Dat wil ik je net vertellen, als je me even laat.'

Het was een beetje een ingewikkeld verhaal, waarvan er zoveel waren aan de onderkant. Friso dreigde uit de ouderlijke macht te worden ontzet – hij was opgeroepen door de kinderrechter. Jeugdzorg had hem nog één kans gegeven, die verkeken was als ze erachter kwamen dat de woningbouwvereniging hem uit zijn huis had gezet.

'Waar is hij nu?' vroeg Edward.

Door de babyfoon klonk een geluid – ze verstarden. Ze keken ernaar, maar het ding bleef stil.

'Hij zit met Hunter bij een vriend,' zei Ruth zacht, alsof Morris hen door het plafond heen kon horen. 'Een alcoholist, ze kunnen daar niet blijven. Hij kan een nieuw huis krijgen, zegt hij, maar pas in september.' Ze keek de kamer rond. 'Hier... gaat niet. Met Morris, bedoel ik, en met jou...'

'Met mij?'

Weer die vage glimlach, als van een hongerstaker, alsof ze zich uit de dingen teruggetrokken had. 'Hij heeft geen geld,' zei ze. 'Helemaal niks. We kunnen het niet maken om hem niet te helpen.'

'Waarom? Misschien is Hunter ergens anders wel beter af.'

'Hij is erg gehecht aan Friso, en Friso aan hem. Hij is zijn moeder al kwijt. Als hij zijn vader ook nog verliest... Hij is toch een stabiele factor, ondanks al zijn gedoe.'

Edward dacht dat het misschien niet zo gemakkelijk was om zomaar een huis te huren, omdat het maar voor een paar maanden was. Wat ze van een camping dacht, zei hij, het was er het seizoen voor, ze konden het beschouwen als een lange vakantie.

Ruth aarzelde. Ze opperde dat er misschien huisjes te huur waren, sommige campings hadden die.

Ze verhuurden *chalets*, zei het meisje bij de receptie van een camping vlak bij de snelweg de volgende morgen tegen hem, ze kostten 72 euro 50 per nacht. Zijn lippen herhaalden geluidloos het bedrag.

'Het is hoogseizoen,' zei het meisje.

'Het is eind mei,' zei Edward.

Ze haalde haar schouders op en keek op haar telefoon.

'Mevrouw?'

Ze keek op.

'En wat als het voor drie maanden is?'

'Dat moet u met meneer Wildschut overleggen.'

Op het raam waren A4'tjes met kampregels aangebracht, ze getuigden van bittere onverdraagzaamheid. Hij liep over het terrein op zoek naar de beheerder. Er stonden een paar koepeltentjes. Hij vond de beheerder foeterend bij een groepje toeristen met rommel rond de tenten. Tsjechen, dacht hij, te oordelen naar het vlaggetje op een van de rugzakken in het gras. De beheerder droeg een korte broek, hij had autoritaire kuiten. De kuiten van een sergeant. Hij ging tekeer in een mengeling van Engels en Duits, de Tsjechen keken angstig naar hem op. Misschien dat hij ze deed denken aan de verschrikkingen van het regime dat ze kenden uit de verhalen van hun ouders.

'Oost-Europeanen...' zei hij even later tegen Edward. 'Ze smeren hun schijt aan de muren, die lui. Zwijnen zijn het.'

Untermenschen, hij bedoelt Untermenschen, dacht Edward. Het was hem duidelijk dat hij met een nazi van doen had, een campingnazi achter prikkeldraad en een slagboom. Hij legde uit waar hij voor kwam.

'En wie zijn de heren, als ik vragen mag?'

'Mijn neef en zijn vader, mijn zwager.'

'Een overbrugging, zegt u.'

Het was onaangenaam om met hem te moeten praten over zulke dingen. De man nam hem mee naar de chalets. Hij ging ervoor staan en plantte zijn benen een beetje uit elkaar. Ze keken naar vier houten tuinhuisjes, op enige afstand van elkaar. Edward keek binnen in een ervan. Langs de wanden stonden twee stapelbedden, waartussen een smal pad was uitgespaard.

'72 euro 50, voor dít?' vroeg Edward.

'Plus toeristenbelasting,' zei de man.

'Hoeveel is dat?'

'Viermaal één vijfendertig per nacht.'

'Ze zijn met z'n tweeën.'

'Vier bedden, dus betaal je voor vier personen. Anders krijg ik gelazer met de fiscus.'

Een beetje lacherig zei Edward: 'Drie maanden komt neer op...'

'Zesenhalf duizend euro. Plus toeristenbelasting.'

Edward keek omhoog, naar de kruinen van de populieren die ritselden in de wind. De bomen markeerden de grens van het terrein. 'De huisjes zijn leeg,' zei hij na een tijdje.

'Straks niet meer.' In het telefoonhoesje aan zijn riem klonk een elektronische Radetzkymars. Hij nam op en zei na een paar seconden: 'Ik kom eraan.' Hij stak de telefoon terug in het hoesje en zei: 'Kan ik verder nog wat voor u doen?'

'Voor de helft wil ik het van je huren,' zei Edward. 'Voor zover ik kan zien staan ze leeg, en anders heb je niks.'

'Vijfduizend,' zei de beheerder.

Ze kwamen uiteindelijk vierduizend euro overeen, plus toeristenbelasting.

Klote-Utrecht, dacht Edward toen hij even later onder de snelweg door reed. Hij voelde zich genaaid maar had er alles voor over om Friso en Hunter niet in huis te hoeven nemen. Hij trapte het gas diep in. Een inktzwart, boosaardig mycelium dat zich dwars door tijd en ruimte uitstrekte, verbond de campingbaas met het toenmalige hoofdkwartier van de NSB aan de Maliebaan, waar zich ook de hoofdkantoren van de Sicherheitsdienst en de Germaanse ss hadden bevonden. Utrecht was een voedingsbodem voor zulke mannen. Hoewel zijn werkdag nog moest beginnen, voelde hij zich al uitgeput.

Na zijn werk reed hij naar Amsterdam om Hunter en zijn vader op te halen. Een adres in Zuidoost. Het huis stonk naar rottend afval en volle asbakken, ze hadden geslapen op kale matrassen. Ze tilden drie grote supermarkttassen en een gitaar in de auto. 'En de rest?' vroeg Edward. Friso grinnikte. 'Alles staat daar nog. Beslaglegging, weet je. Ik kom m'n eigen huis niet meer in.'

Hij had een huurachterstand van zes maanden, gas en licht waren vorige winter al afgesloten. Hunter zat op de achterbank en keek naar het landschap van gras en elektriciteitsmasten langs de weg. Hij krabde aan een schilferige rode kring op zijn kin. Edward had met hem te doen. 'Er zijn veel andere kinderen op de camping,' zei hij over zijn schouder. 'En er is een speeltuin.'

De glimlach van de jongen leek op die van Ruth. In de spiegel zag hij dat er een adertje was gesprongen in zijn rechterooghoek.

'Toe maar,' zei Friso toen hij het huisje rondkeek.

'Iets beters was er niet, op deze termijn,' zei Edward geërgerd.

'Heb je geld?'

'Nee man, niks. Ze hebben ook beslag gelegd op m'n uitkering, weet je.'

Edward gaf hem tweehonderd euro.

'Weet jij een supermarkt?' vroeg Friso.

Edward zei dat er een kampwinkel was, maar die was zo duur, zagen ze later, dat hij hen naar een Albert Heijn in de stad bracht en pas weer tegen het vallen van de avond bij het huisje afleverde met tassen vol boodschappen. De volgende dag zou hij een campinggasstel en kookgerei langsbrengen. 'En stoelen,' zei Friso. 'En een tafel zou ook wel gemakkelijk zijn.' Hunter las een *Donald Duck* in het stervende licht.

De volgende avond kwam Edward met Ruth en Morris naar de camping. Ze had een quiche gemaakt. Hunter kon zijn ogen niet van Morris afhouden. Als hij eenmaal in het nieuwe huis zat, zei Friso in antwoord op hun vragen, dan konden ze hem niks meer maken. Hij ging de schuldsanering in, een voorwaarde om zijn uitkering weer te ontvangen. Er was al een nieuwe school gevonden voor Hunter. Ruth sloeg een doek om. 'Niet zo hard aaien, Hunter,' zei ze, 'hij is nog maar klein.' Toen Edward hem van haar wilde overnemen, schudde ze haar hoofd en zei dat hij net rustig was.

Edward wilde naar huis, hij walgde van haar broer. Zo'n klootzak kon onmogelijk de verantwoordelijkheid dragen voor een kind, zoals hij later die avond tegen haar zou zeggen, maar eerst luisterden ze in de schemering naar Friso, die met gekruiste benen een liedje speelde op de kleine veranda voor het huisje. Iets van Leonard Cohen, dacht Edward. Hij had er vroeger ongetwijfeld succes mee gehad bij het kampvuur op een Aziatisch strand. Waarschijnlijk hadden meisjes hem voor *gevoelig* aangezien en zich zonder veel moeite aan hem gegeven. *Das war einmal.* Het deed Edward genoegen dat zo'n leven kon eindigen op een camping langs de A27, als Job die neerzat in de as. Hij miste alleen nog een zekere... ja, ootmoed. Hij keek nog altijd zo onaangedaan uit die koude geitenogen van hem.

Het liedje was afgelopen. 'Dat was weer prachtig,' zei Friso. Hij hief een plastic beker wijn. 'Veracht den burgerman, doch ledig zijne glazen.' Edward kon zich niet aan de indruk onttrekken dat hij de burgerman was, wiens glas door deze uitvreter werd geleegd.

Die avond, vlak voordat hij in bed wilde stappen, zei Ruth: 'Liefje, het is misschien niet zo gezellig, maar ik denk dat het beter is als je naar boven gaat. Morris wordt volgens mij heel onrustig van je. Het is denk ik fijner voor hem als je boven slaapt.'

Haar stem was vriendelijk en zacht, ze zei het heel *pedagogisch.* Hij had niets teruggezegd en de kamer verlaten, boos en beschaamd, door zijn vrouw en zijn zoon verbannen uit zijn eigen bed. In de woonkamer keek hij tv en dronk rode wijn, pas na middernacht was hij naar zolder gegaan. Hij droomde een ruimte waarin voorwerpen en mensen uit de lucht vielen, heel langzaam, als objecten in een emulsie. Als ze het aardoppervlak raakten, zakten ze in de bodem weg zonder een barst of litteken achter te laten. Midden in die langzame regen van grasmaaiers, omgekeerde bomen, bureaustoelen en mensen die hij niet kende stond hij.

Ruth was al met Morris naar de crèche toen hij beneden kwam. Hij at een boterham en dronk uit een pak vruchtensap. Op tafel een briefje. *Bericht van Friso. Wil jij nog een teiltje en een afwasborstel brengen? (Niet boos worden.) Liefs.*

Een dag alsof hij zijn droom niet verlaten had. Er leek iets begonnen, dacht hij, wat niet terug te draaien viel. Het was al die tijd met hem meegelopen, achter hem, als een schaduw – maar nu de stand van de zon veranderd was, liep het op hem in, donker en zwaar; het samenvallen zou een noodlot zijn.

Wachten tot zijn telefoon ging, op een bericht dat binnenkwam; gevoel van onheil. Maar het bleef stil. De dag verstreek. Er gebeurde niets.

Ruth nam haar telefoon niet op toen hij haar belde vanuit de auto. Hij sprak in dat hij nog een teiltje en een afwasborstel ging kopen, die zou afleveren en dan naar huis kwam. Aten ze samen?

Hij klonk als een bedelaar, dacht hij toen hij had opgehangen. Ze zou het smekende in zijn stem horen en hem verachten.

De campingbaas had Friso gesommeerd de rotzooi buiten op te ruimen, er was een reservering voor een van de andere huisjes. 'O man,' zei Friso, 'ik hoop zo op een paar lekkere Oost-Europese wijven.'

Het moest een interessante confrontatie zijn geweest, dacht Edward toen hij naar huis reed, tussen de Teutoonse orde van de campingbaas en Friso's wezenlijke onverschilligheid. Heimelijk bewonderde hij hem daarom. Friso liet zich ruggelings vallen en leek er niet om te geven of iemand hem zou opvangen of niet. Hij werd altijd opgevangen. Hij was de jongste van het gezin, de benjamin, hij rekende erop dat anderen zijn fouten zouden goedmaken. Zijn karakterfouten werden hem nooit zwaar aangerekend, ook Ruth nam hem nog altijd in bescherming.

Edwards bewondering was niet van jaloezie te onderscheiden. Niemand zou hem opvangen als hij viel.

Hij sleepte een tas vol vuile was van Friso en Hunter het huis in. Ruth had als vanzelfsprekend aangenomen dat hij de intendant zou zijn. Ze zat op het terras, haar benen onder zich, de babyfoon voor zich op tafel. 'Hé daar,' zei ze. Het moederschap had haar iets vols en stralends gegeven, dat niet werd aangetast door haar vermoeidheid. Hij boog zich over haar heen. Haar kus als beweging van het ene hoofd dat het andere wegduwt.

Hij wist niet hoe hij moest beginnen, bang voor dingen die hij niet wilde horen. De waarheid was het voorrecht van de sterken.

Ruth vertelde over Morris' dag op de crèche; het onderwerp was een vluchtheuvel voor hen beiden. De tuin kwam in bloei, hij had nieuwe clematissen geplant. Potscherven aan hun voet, de wortels waren erg gevoelig. Ze gaven paarse en roze bloemen.

Ruth keek hem aan. 'Weet je, Edward, we hebben zoveel geprobeerd...'

Hij dwong zichzelf haar aan te kijken.

'Niks helpt,' zei ze, 'niet echt. Dat ben je toch met me eens? Ik ben een paar weken geleden al gestopt met al die rotzooi, Infacol en Zantac, Dophilus, al dat spul.' Ze schudde haar hoofd. 'Je hebt er niet eens iets van gemerkt.'

Zijn gezicht vertrok.

'Ik dacht wel dat je erop tegen zou zijn,' zei ze. 'Daarom heb ik het niet gezegd. Omdat je –'

'Je hebt het de huisarts niet gevraagd, of dat kon, zomaar alles stoppen?' vroeg hij.

'Weet je,' zei ze, 'ik heb iets ontdekt. Iets anders. Je zult het wel totaal onwetenschappelijk vinden, maar... een moeder weet soms meer dan alle onderzoeken bij elkaar.'

Een tuinsproeier draaide tikkend rond in de tuin van de buren, om de zoveel tijd trommelde het water op een parasol.

'Het zijn vooral de avonden dat hij huilt, Edward. De avonden en de weekeinden. Wakker, onrustig, huilen. Als ik hem overdag alleen heb, is hij veel kalmer. De leidsters zeggen het ook.' Ze trok haar benen weer onder zich. 'Overdag gaat het goed met hem, of veel beter in elk geval. Alleen 's avonds. En in het weekend. Ik heb het bijgehouden, het is geen toeval. Weet je wat het is, Edward... Het spijt me om het te moeten zeggen... maar het komt door jou.'

Hij wachtte tot de regen op de parasol voorbij was, en zei toen: 'Wat komt door mij?'

Ze zakte terug in de stoel. 'Dat hij huilt,' zei ze.

Hij begon twee keer iets te zeggen, maar de woorden bleven steken. Er vergingen schepen in de stilte tussen hen.

'Ach zo,' zei hij na enige tijd, alsof hij wilde uitproberen of zijn stem het nog deed.

'Als jij er bent huilt hij. Het is te toevallig.'

'Het is krankzinnig,' zei hij langzaam.

'Ik zie wat ik zie.'

'Een gezicht in een wolk, dat zie je. Je kunt zo niet denken, je haalt hem van de medicijnen af en denkt dan de oorzaak van zijn klachten te kunnen zien. Een toevallige waarneming met een waardeloze gevolgtrekking, dat is het. En bovendien, *waarom* zou hij mij niet verdragen?'

'Dat weet ik niet,' zei ze.

'Kom op zeg, daar heb je over nagedacht, dat kan niet anders.'

Ze keek hem aan, roerloos als een vis. 'Als je het echt wilt weten,' zei ze toen.

Ze wachtten. Ruisend ging het water rond. Zeven seconden, zo lang duurde het. Ze zei: 'Ik denk dat hij voelt dat je hem niet wilde.'

Er waren woorden die niet meer ongedaan konden worden gemaakt. Nadat ze hadden geklonken en in de lucht waren opgelost, was alles veranderd; verbaasd keek je terug op hoe het eens geweest was.

Zijn hoofd viel voorover, alsof het te zwaar geworden was en van zijn ruggengraat was afgebroken. Zo bleef hij een tijdje zitten. Toen richtte hij zich op en zei: 'Ik hoopte dat het meeviel. Dat hoopte ik echt. Maar het valt niet mee. Het is nog erger dan ik dacht. Ik weet ook niet wat ik moet zeggen. Als je eenmaal weer... *normaal* bent, zul je inzien hoe krankzinnig dit allemaal is.'

'Het spijt me,' zei ze. 'Ik begrijp dat je boos bent.'

Hij stond op en greep de bovenkant van de stoelleuning vast. 'Niet dat *gelul*, alsjeblieft.' Hij wilde weglopen, maar bedacht zich. 'Je gaat me niet vertellen dat míjn zoon allergisch is voor míj... Dat hij door míj reflux heeft gekregen. Dat ík de reden ben dat hij huilt. Dat is... je bent godverdomme hartstikke gestoord, weet je dat. Je hersenen zijn aangetast door die zwangerschap. De hormonen hebben je verstand verwoest. Kutwijf.'

Het was of er een draak opvloog uit zijn borst, het voelde fantastisch. Hij had zich niet eerder zo laten gaan tegenover haar, en nu maakte het niet meer uit. Hij had verloren, en er was geen verschil meer tussen de woestenij van de dromen en de werkelijkheid die voor hem lag.

Het vreemde was, bedacht hij later, dat daarna alles gewoon was doorgegaan. Zij had de vacuümdop op de wijn gedaan en de afwas in de machine gezet, de borden bij de borden en de glazen bij de glazen, hij zat op zijn knieën in de bijkeuken en sorteerde de was van Friso en Hunter. Of zij nog vuile was had, riep hij. Ze liep naar boven en kwam weer beneden, hun kleding vermengde zich in de trommel. Hij had zijn blik nooit kunnen afwenden van de binnenkant van het ondergoed: het gestolde schuim van Ruth, de bruine vegen van zijn zwager en de afdruk van zijn anus, stevig in het textiel gestempeld. Hij walgde van de gedachte dat er deeltjes van hem door hetzelfde water spoelden als hun kleren, en haalde alles van hen drieën er weer uit. Onverdraagzaamheid op celniveau.

Toen hij de slaapkamer binnenliep om zijn wekker te pakken, begon Morris te huilen. Ruth knipte een lampje aan en tilde hem uit de wieg. Ze legde hem aan. Hij sloot de deur zacht achter zich.

's Nachts piste hij in de wastafel boven. In het donker vroeg hij zich af of er nog een uitweg was, een kiertje in de omstandigheden waardoor hij kon terugkeren naar zijn oude leven. Zo lag hij te malen, deze nacht en de daaropvolgende nachten, in het zilverwitte licht dat door het dakraam viel en de roeimachine en de randen van de verhuisdozen met een vage glans omgaf. Soms hoorde hij duidelijk haar stem die zei 'ik weet niet wat me bezielde, het spijt me zo', waarna hij in gedachten zijn plaats in hun bed en hun leven weer innam – en met deze fantasieën viel hij in slaap.

Ruth had zich, merkte hij in de dagen die volgden, op een functioneel soort vriendelijkheid ingesteld, ongeveer die van een receptioniste of een reisleidster. Hij reageerde met een neutraliteit waarvan hij niet wist hoe lang hij die kon volhouden voordat hij het huis in brand zou steken en naar de oostelijke oever van de Zwarte Zee zou vluchten om handlezer te worden in de straten van Tbilisi en mandarijnen te eten langs de kades.

Hij leefde als een paria in zijn eigen huis, maar hield zichzelf voor dat hij dat alleen maar deed om haar de tijd te geven om bij zinnen te komen en het idiote van haar gedachten in te zien.

Op een avond maakte hij risotto, waar zij, zij het in kleine porties, erg van hield. Tevreden keek hij toe hoe ze at en constateerde dat het in elk geval *leek* op hoe het geweest was.

'Lieve Ruth,' zei hij even later alsof hij een brief voorlas, 'luister alsjeblieft naar me. Probeer te luisteren met je oude oren, de oren van vóór we Morris kregen. Laten we naar een dokter gaan en vragen wat hij ervan denkt. Of hij wel eens eerder heeft meegemaakt dat een vader zijn kind ziek maakt. Een vader die alleen *door zijn aanwezigheid* zijn kind laat huilen. Als dat bestaat, zo'n vorm van allergie, dan moeten er andere voorbeelden van zijn. Laten we een dokter zoeken, een nieuwe voor mijn part, die ons hierin kan bijstaan, want zo gaat het niet langer.'

Maar ze schudde haar hoofd en zei: 'Ik kan geen dokter meer

zien. Het gaat nu juist een beetje beter met hem, ik zie geen enkele aanleiding om weer naar een dokter te gaan.'

'En dit dan?' zei hij luider dan hij wilde. 'Ik slaap op zolder, je behandelt me als een paria, ik ben een vreemdeling in mijn eigen huis!'

'Dat is dan maar even zo,' zei ze. 'Morris' gezondheid staat voorop. Als het beter gaat met hem, kijken we wel verder.'

De vrouw met wie hij zeven jaar geleefd had, had deze vrouw in zich gedragen, een vrouw die hij niet kende en van wie hij nooit eerder een spoor had gezien. Een steil, onbuigzaam wezen. Geen genade, het ijzeren plan.

Ze hield Morris zo veel mogelijk bij hem vandaan, en zijn periodieke woede-uitbarstingen hierover sterkten haar in dit besluit. Hij was de ziekte van hun kind en het was verstandig om kinderen bij ziekte vandaan te houden.

Het was opvallend, vond hij, hoe vlug je aan de gekte van een ander gewend raakte; op de spaarzame momenten dat hij Morris mocht vasthouden en met hem speelde, deed hij zijn uiterste best om te laten zien dat zijn zoon op zijn gemak was bij hem. Zo probeerde hij haar overtuiging te weerleggen, door zich eraan aan te passen. Zijn assimilatie ging zover dat hij zich alleen nog op kousenvoeten door het huis bewoog en op zachte toon sprak, alles om zichzelf uit te schakelen als oorzaak. Hij leefde als een schim, zijn gezicht vertrok wanneer de treden kraakten onder zijn gewicht. Hij raakte vlug aangepast aan zijn leven als ziekte. In wezen, dacht hij, was zijn assimilatie één grote bevestiging van zijn schuld. Zo zou zij het opvatten, als een luidkeels *ja, ik ben de ziekte van Morris*.

's Nachts hoorde hij hem door de vloer heen huilen. Had hij hem niet gewild, zoals ze zei? Hij probeerde door te dringen in zijn gedachten en gevoelens van toen. Hij had er meteen in toegestemd dat ze zou stoppen met de pil. Hij had geen trek gehad in het vruchtbaarheidsonderzoek, dat was waar, maar kon je daaruit afleiden dat hij eigenlijk geen kind wilde? Of beschouwde ze zelfs zijn halfdode zaad als *sabotage*?

De uiterste consequentie van haar gedachten, dacht hij toen hij nog altijd niet in slaap kwam, was dat de ziekte het huis moest verlaten. Ze was niet zover gegaan om dat ze zeggen, maar dat kon elk moment gebeuren.

Eigenlijk, dacht hij weer later, vonden ze allebei dat hij het huis uit moest. Zij omdat het hun kind zou genezen, hij omdat het zou bewijzen dat het geen effect had op zijn gezondheidstoestand. Het zou zijn onschuld bewijzen. Dat zou zijn strategie zijn, zodat hij op een dag zijn leven als ziekte achter zich kon laten en weer vader en echtgenoot kon zijn. Ja, het was voor iedereen het beste als hij een tijdje uit het zicht verdween.

Wat een misvatting om te denken dat de wereld van jou is zodra je de voordeur achter je dichttrekt, je slaapmat en weekendtas achter in de auto gooit en de straat uit rijdt. Voor Edward Landauer werd de wereld juist kleiner dan ooit. In feite bracht hij nu de meeste tijd door in zijn kamer op het instituut. Algauw was al zijn achterstallige werk verdwenen, had hij zijn laatste colleges van het trimester voorbereid en zat hij maar wat te internetten. Het futloze surfen van hier naar daar bracht hem buiten zichzelf van weerzin en verveling, maar iets anders was er niet te doen. Hij verliet het pand aan het einde van de middag met de meeste anderen, maar keerde terug nadat hij bij De Chinese Muur gegeten had. De restjes liet hij inpakken voor als hij 's nachts honger kreeg.

Het was eind juni, rond het instituut was een muur van groen opgetrokken.

'En,' vroeg mevrouw Hordijk, zijn secretaresse, 'waar gaat de reis naartoe deze zomer?'

'Een weekje Juan-les-Pins,' zei hij, 'daarna zien we wel verder.'

'Heerlijk hè, zomaar wat rondreizen en dan maar zien waar je uitkomt.'

Hij knikte, ja, zoiets was heerlijk.

's Avonds zwierf hij door de verlaten kamers van zijn medewerkers. Hij bestudeerde foto's van hun gezinnen, las hun memo's en de strips en wijsheden die ze uit de krant hadden geknipt en opgehangen. Als ze vergeten waren hun computer af te sluiten, trakteerde hij zichzelf op hun e-mail. En terwijl zij lepeltje lepeltje lagen in hun vredige huizen, sloop hij rond in hun bestaan en weefde de draden van hun onaanzienlijke levens aan elkaar. Soms ging hij voor het slapengaan nog even bij de dieren langs, de fretten die met elkaar verstrengeld lagen en de kippen op stok die een slaperig kraaloog ontblootten als hij 'welterusten' zei. Op zijn kamer opende hij de kast waarin hij zijn slaapspullen bewaarde, een slaapzak, een kampeermatras die zichzelf met lucht vulde en een veren kussen van thuis. Daar waar het 's morgens het langst donker bleef, in de hoek onder de vensterbank, maakte hij een bed. Boven het fonteintje in de wc poetste hij zijn tanden en trimde hij zijn baard. Een enkele keer douchte hij in de nooddouche van een laboratorium, want geurtjes en tekenen van verwaarlozing konden de mensen op gedachten brengen.

In de uren dat hij wakker lag keerde hij terug naar zijn vroege kinderjaren, waarvan hij zich steeds meer wist te herinneren. Op enig moment verscheen ook de bongerd van zijn grootouders weer voor zijn geestesoog, wat de zoete smaak van belzen met zich meebracht en die van de volle, roestgevlekte peren – een herinnering uit het begin van de jaren zestig, berekende hij, toen de Rijksweg 59 nog niet de snelweg was geworden die aan de bomen en het boerderijtje een einde had gemaakt, zoals ook aan het leven van zijn grootvader, tenminste, naar de stellige overtuiging van zijn moeder. Zijn vader meende dat je van mistroostigheid geen kanker kreeg, maar zijn moeder stak haar hand in de lade met uitdrukkingen en gezegdes en diepte deze eruit op: 'Zo hemel en aarde, Willy, zo lichaam en geest.'

Zo klom Edward op en neer op de ladder van zijn leven en begreep van de afzonderlijke delen net zomin iets als van het geheel.

Op een nacht schrok hij op uit zijn sluimering. De deur van zijn kamer zwaaide open, het licht sprong aan. Edward kwam half overeind en kneep zijn ogen tot spleetjes. In de deuropening stond een beveiligingsman. Hij zette een paar stappen de kamer in, zijn hand op de zaklantaarn op zijn dijbeen, die groot genoeg was om als slagwapen te dienen. Zijn ogen gingen over de man voor zich, de uitpuilende weekendtas. 'Wie bent u,' zei hij ten slotte. 'Wat doet u hier.'

Edward haalde zijn pasje uit zijn broekzak en overhandigde het hem. De beveiligingsman bestudeerde afwisselend de magneetkaart en de man voor zich, die uit zijn slaapzak stak als een vlinder die zich nog maar half aan de cocon ontworsteld had.

'Ik ben de baas hier,' zei Edward.

'Dat kan zijn,' zei de ander, 'maar wat doet u hier nog?' De boord van zijn overhemd was hem te wijd, het nekje stak er een beetje hulpeloos uit.

'Overwerk,' zei Edward. 'Beschouwt u dit maar als overwerk. En nu wil ik graag weer slapen.'

'Ik doe alleen maar mijn werk, meneer.'

Sinds wanneer waren beveiligingsmannen ook al zo vlug in hun waardigheid aangetast? Zo *gedupeerd*?

Hij ging weer liggen en zei: 'Het is morgen weer vroeg dag. Doet u het licht uit alstublieft.'

Even later luisterde Edward naar de voetstappen die zich verwijderden op de gang. De slaap kwam geruisloos als een zeis door het hoge gras.

In het weekeinde dacht hij dat hij zou sterven van verveling. Marjolein nam niet op. Hij maakte een lange wandeling in de bossen rond het instituut. Onder de lichtgroene schermen van de beukenbomen zweefde een vage ontbindingslucht. Hij miste Morris maar het was de tijd nog niet, hij moest geduld hebben. Nog zeker twee weken. Half juli, was zijn verwachting, tegen die tijd zou ze haar dwaling hebben ingezien. Langer kon dat niet duren. Dat was onmogelijk.

Vroeg in de avond belde hij Marjolein opnieuw. 'Hallo?' zei ze, op een toon alsof iemand anders voor haar had opgenomen.

'Ik ben het,' zei hij.

'Ik kan nu niet praten,' zei ze gehaast. 'Ik bel je later.'

'Dat is goed meisje, natuurlijk,' zei hij, maar ze had al opgehangen.

Hij schopte tegen zijn bureau. De marinier was misschien thuisgekomen. Waar waren de bermbommen als je ze nodig had.

Zondag lag voor hem als een steile klim. Hij verliet het instituut alleen maar voor een bezoek aan de supermarkt. Die in Bilthoven was gesloten, zodat hij naar de Voorstraat in Utrecht reed. Het hele land rook naar zonnebrand en hij sloop als een illegaal langs de schappen. Hij wilde geen van zijn studenten tegenkomen. Alleen al 'hallo' zeggen zou zijn miserabele staat verraden. Hij reed terug naar het instituut en zette bier koud in de kitchenette op de gang. De koelte van het bos kwam binnen door het open raam, 's nachts hoorde hij wel eens een uil.

Nog een uur of zes voordat hij kon gaan slapen. Hij verlangde naar bericht van thuis, hij was hevig teleurgesteld dat Ruth maar niet belde. Als een balling werd hij uur na uur verder van huis gevoerd, rivieren en vlaktes over, tot aan de rand van de wereld waar de zon nooit onderging. Omdat het stomme donker van de avond het minst te verdragen was, wandelde hij pas laat naar De Chinese Muur, en liet zo die uren het vlugst achter zich. Het restaurant zat vol, hij had geen zin om alleen aan een tafel te zitten tussen al dat opgewekte gesnater. Het personeel was vriendelijk en discreet, de jongen bij het afhaalloket zei iets als 'jij vinden Chinese eten lekker, denk ik?', maar daar bleef het bij. Hij dronk een glas bier en bladerde door oude edities van *Koninklijke Horeca Nederland*. Met een tas eten in zijn hand liep hij even later naar het instituut terug.

Hij at gebakken rijst met groente. Zijn telefoon bleef stil. Hij was als dood voor de wereld.

Maandagmorgen. Stemmen in de gang, deuren die open- en dichtgingen. Opgelucht luisterde hij naar het leven dat was teruggekeerd.

'Goedemorgen,' zei mevrouw Hordijk, 'u bent er vroeg bij.'

Hij wierp een blik in het lab waar Marjolein gewoonlijk werkte. Ze was nog niet binnen.

Aan het eind van de sectievergadering die morgen stak Gerson zijn grijze hoofd om de hoek en zei: 'Goedemorgen allemaal. Laat je door mij niet storen. Ed, kan ik je zo meteen even spreken?'

'We zijn klaar hier,' zei Edward.

Ze staken over naar zijn kamer. Gerson stak zijn neus in de lucht en zei: 'Man, wat een lucht hier. Ben je een restaurantje begonnen?'

Hij sloot de deur achter hen en ging met één bil op de rand van het bureau zitten. 'Even, Ed...'

Edward rolde zijn stoel een eindje bij het bureau vandaan en keek geamuseerd naar hem op.

'Hoe gaat het met je,' vroeg Gerson.

Edward sloeg zijn ene been over het andere en leunde achterover in zijn stoel. 'Dat heb je me nog nooit gevraagd.'

'Ik meen het, Ed.'

De lach viel van zijn gezicht. 'Waarom vraag je dat? Is er iets?'

Gerson keek hem lang aan. 'Twee dingen,' zei hij. 'Of drie

eigenlijk. Je performance op de radio laatst, die was niet erg... sterk, om het zacht uit te drukken. Zo ken ik je niet, Ed.'

Edward kuchte achter zijn hand. Oversprongedrag. 'Wat kan ik zeggen,' zei hij. 'Je weet, met Morris... het is erg moeilijk. Hij slaapt nog altijd slecht, we zijn nachten op met hem. Ik ben misschien niet op mijn best inderdaad, maar hij is straks een halfjaar, dan zou het ergste zo'n beetje achter de rug moeten zijn...'

Praten, praten, blijven praten. Alles bedekken met woorden, het smoren.

'Dus daar wijt ik het maar aan.'

'En ik hoor dat je op kantoor slaapt,' zei Gerson alsof hij niet geluisterd had.

In de plooi blijven, niet opgeven. 'Ach, die ene keer,' zei hij.

'Het lijkt me dat je weet dat dat niet de bedoeling is. Dat geeft een, hoe zal ik het zeggen, verkeerd signaal aan je mensen.' Hij keek de kamer rond. 'Mag ik vragen waarom je hier slaapt?'

Edward begon, stopte, en begon opnieuw. 'Ik overnacht hier wel eens, ja. Een enkele keer. Als het laat geworden is. Thuis is het... Je weet niet hoe dat is, een kind dat altijd huilt. Slaapdeprivatie is een marteling. Daarom... Ik weet dat het niet erg chic is, maar jezus, onder de omstandigheden...'

'Gaat het wel verder thuis? Met Ruth? Met jullie?'

Edward krabde met een pen aan zijn arm. Een grimas. 'Ups en downs natuurlijk, het is een zware tijd met Morris, zoals ik zei... Maar verder, prima ja.'

'Weet je het zeker? Als er iets is, dan kan ik daar rekening mee houden. Dan ontzie ik je een beetje.'

'Dat is... dank je, maar het hoeft niet. Het gaat prima verder.'

'Je moet hier niet meer slapen, Ed. Daar kunnen we niet aan beginnen.'

Edward knikte. Hij wilde dat hij ophield zo te kijken. Die chirurgische blik. Waren ze er al? Had hij zijn lijstje afgewerkt? Een vleugje woede kringelde in hem omhoog. Hij werd godverdomme vijftig volgend jaar, hij wilde zich niet meer zo voelen. Het was vernederend.

'Eén ding nog,' zei Gerson bedachtzaam. Hij bracht zijn hoofd iets naar achteren en bestudeerde hem als een wijnetiket. 'Ik weet niet... maar ik wil het maar uit de wereld hebben. Dat meisje van je afdeling, Marjolein van Unen...'

Zijn huid was een slecht zittende jas die schrik en schaamte probeerde te bedekken. De klootzak, hij had het ergste voor het laatst bewaard.

'Marjolein, ja, wat is daarmee?'

'Ik heb... Laat ik zeggen dat ik vrij sterke aanwijzingen heb dat je relatie met haar niet strikt professioneel is gebleven.' Hij wreef over zijn voorhoofd. 'Ik hoor het graag als het niet zo is. Alsjeblieft, Ed, overtuig me, want anders hebben we een probleem.'

Geen aarzeling. Recht op zijn doel af. De paratroeper in actie. Edward duwde de punt van de pen in zijn arm, daar waar het jeukte. Hij stootte een lachje uit. 'Hoe kom je daarbij?'

Woorden die op vlezige, plompe vleugels door de kamer flapten. Gerson zette zijn bril af en liet hem aan een pootje schommelen tussen duim en wijsvinger. Arrogant, drammerig, zo stond hij bekend, maar hij had bijna altijd gelijk, en dat was nog het minst te verdragen.

Edwards tong lag dik en droog in zijn mond toen hij zei: 'God, Jaap, er wordt toch altijd geroddeld op zo'n afdeling.'

De behoefte om door het open raam weg te zweven als wilgenpluis.

'Dit is ernstig, Ed. Dus vraag ik je nog een keer: ben je de grens overgegaan met dat meisje?'

De tweesprong. Verdere ontkenning was eerloos, onmannelijk, en het was op de een of andere manier de dag niet voor een nog groter verlies. Hij wist dat hij zijn eigen graf groef maar begon te knikken, eerst aarzelend en allengs overtuigder, de verdediging van het laatste restje eer dat hij bezat. En ook de getuigenis van een overwinning – haar jonge huid op de zijne, het geheim tussen haar benen... 'Ja,' zei hij. 'Ja, Marjolein en ik, we hebben – nou ja, vul maar in.'

Gersons mondhoeken zakten. Zijn ademhaling was te horen. 'Jezus, Ed, dat is... slecht nieuws hoor. Slecht nieuws.'

Edward hief zijn handen. Wat kon hij zeggen.

'De gedragscode... Je weet dat we daar streng op zijn hier.' Hij schudde zijn hoofd. 'Ik kan niet anders dan... hier werk van maken. Het spijt me.'

'Dat begrijp ik,' zei Edward.

Gerson boog voorover, empathisch nu. 'Het is niet dat ik je niet be*grijp*, Ed, echt niet. Ik ben ook maar een mens. Maar dit soort dingen... dit veeg ik niet zomaar even onder de mat, begrijp je. De integriteit van leidinggevenden *moet* vooropstaan...'

'Doe wat je moet doen,' zei Edward. Hij stond op en liep naar het raam. Zijn broek plakte aan zijn achterste. Ergens vooraan op de parkeerplaats stond zijn auto. De zon brandde op de daken, de ochtend was helder en schoon. Als je wilde kon je helemaal doorrijden tot aan Vladivostok. Op een ochtend als deze keek je uit over de Japanse Zee. Waarom deden zo weinig mensen dat eigenlijk?

Achter hem was ook Gerson opgestaan. 'Het is bijna vakantie,' zei hij. 'Neem je gezinnetje mee naar Frankrijk, zoek een lekkere plek en rust een paar weken goed uit.'

'En wat als ik dat niet wil?' Edward draaide zich om. 'Ik heb onderzoeken lopen, ik kan helemaal niet weg.'

De kleine glimlach zei alles. 'Het is geen zaak van willen, Ed.'

Edward knikte gelaten. 'Dat moest ik even weten.'

Gerson stak zijn hand naar hem uit en Edward reikte hem automatisch de zijne, maar Gerson zei: 'Je andere alsjeblieft.' Hij pakte zijn linkerpols vast en bracht zijn gezicht naar zijn onderarm. Hij schoof zijn bril op zijn voorhoofd. 'Sorry hoor,' zei hij, 'dat is de huisarts in mij.' Hij keek op. 'Je hebt ringworm, weet je dat? Pas ermee op bij je kleintje, het is erg besmettelijk.'

Hij wachtte tot het lunchuur voordat hij de gang overstak naar de lift. Hij liep naar de parkeerplaats met zijn tas en bundel slaapspullen en keek niet om.

Op een kruising niet ver van het instituut parkeerde hij de auto en zette zijn stoel achterover. Hij sliep een uur en wachtte er nog drie, waarin hij de omvang van de ramp probeerde te overzien. Hij kreeg slechts vat op losse zinnen, stembuigingen... *Alsjeblieft, Ed, overtuig me...*

Om vijf uur zag hij de Seat Ibiza van Marjolein de straat in rijden. Hij volgde haar op enige afstand. Ze reed fel, hoekig, en gaf nergens richting aan. Ze gingen de snelweg op. Het was grappig, dacht hij, dat als je het gedrag van een psychopaat vertoonde, je je ook meteen zo voelde. Marjolein volgde precies de route die ook zijn gps hem voorschreef, en parkeerde niet ver van haar huis. Hij zette de auto een eindje achter haar op de stoep. Vlak voor ze uitstapte, opende hij het rechterportier en plofte naast haar op de passagiersstoel.

'Godver*domme* Ed... Ik schrik me...' De hand op haar hart.

Ze trok haar portier weer dicht en keek naar hem. Haar handtas hield ze tegen haar buik geklemd. Hij zag een ader kloppen in haar hals. 'Waarom belde je niet terug?' zei hij.

Je klonk ook meteen als een psychopaat.

'Wat doe je hier?' zei ze. 'Wat *ís* er?'

Hij keek door de voorruit. De hitte lag op straat te zuchten als een hond. De armoedige winkels, de hoofddoeken, de weerzin op de gezichten van de jongens – een straat in Tanger. Hij was er eens geweest. Het harde, ondoordringbare leven van Marokkanen; alles deprimeerde hem daar. 'Jaap weet het,' zei hij. 'Van ons. Hij weet het.'

'Kut.'

Hij draaide zich naar haar toe. 'Heb jij het iemand verteld?'

'Wat denk je zelf?'

Zijn gezicht vertrok, het leek alsof hij het verfrommelde. 'Hij zal ook nog wel bij jou komen.'

Ze zocht iets in haar tas, toen zag ze de sleutel in het contactslot en haalde hem eruit. 'Wat wil je dat ik doe? Wat moet ik zeggen?'

'Dat kan ik niet voor jou uitmaken... Vermoedelijk staat er voor jou niet veel op het spel.' Hij krabde aan zijn arm en zei: 'Ik ben verantwoordelijk.'

'Denk je?' zei ze zonder hem aan te kijken.

'Jij hoeft je geen zorgen te maken.' Hij wachtte even en zei toen: 'Hoe wist hij het, Marjolein?'

Ze legde haar handen op het stuur, wit en knokig. Soms keek iemand door de ramen naar binnen. Wat zagen ze. Een vader en een dochter. Een man en zijn minnares. Alleen mensen met problemen zaten zo.

Hij keek naar haar. Ze schudde haar hoofd. Hij zou haar nooit meer aanraken, niet zo, het was voorbij. Ze waren uit de droom gewekt, alles wat gebeurde lag voor hen onder het oude, vermoeide middaglicht.

Hij stapte uit en liep naar zijn auto. Ze gebaarde naar hem toen hij haar passeerde. Hij stopte, het raam aan de passagierszijde schoof open. En daar, op het warme asfalt, met het portier tussen hen in, gaf ze het hem, haar afscheidsgeschenk. Ze zei: 'Mijn telefoon lag op tafel. Hij pakte hem. Hij zag dat jij het was. Toen wist hij het.' Haar hand op de deurstijl, haar ogen die wegkeken door de voorruit. 'Zo is het gegaan.'

De duizeling van bedrogenen. 'En "hij" is?'

'Bestemming bereikt,' zei de elektronische stem.

'Jaap,' zei ze. Ze trok de draagband van haar tas hoger op haar blote, bruine schouder. 'Het spijt me.'

Hij liep de camping op als een krijgsgevangene die terug- keert uit de oorlog. Blauwe schaduwen vloeiden uit tussen de tenten, het begin van de vloed.

'Daar is oom Ed!' riep Hunter.

Edward zette zijn tas neer. Met een glimlach die zijn gezicht in stukken brak zei hij: 'Ik kom een paar dagen logeren. Is dat goed?'

'Mi casa es tu casa,' zei Friso.

Edward ruimde het onbeslapen bovenste bed leeg en schoof zijn tas eronder.

'Wat nou,' zei Friso in de deuropening, 'gedoe thuis?'

Edward knikte, zijn stramme kaken verhinderden hem het spreken.

Even later schonk Friso twee bekers rode wijn vol uit een pak en zei: 'Il faut être toujours ivre. Hopla!'

Hij zat op de veranda en dronk zure wijn. Muggen botsten te- gen zijn oren. In de verte klonk het ruisen van de snelweg, het werd vlug donker nu. Hunter kwam terug van de washokken, helverlicht in de verte als een benzinestation. Op zijn onderlip zat een sliertje tandpasta. 'Welterusten, oom Ed.'

'Slaap lekker, jongen.'

'Ben je er morgenvroeg ook nog?'

'Ja. Ik slaap daar, in het bed naast jou.' Hij wees.

'En Morris en tante Ruth ook?'

'Nee, die niet. Die slapen lekker in hun eigen bed.'

De jongen knikte tevreden.

Toen Edward zijn beker leeg had, zei hij: 'Dan ga ik er ook in.' Aan de hemel gloeide het verzamelde licht van de stad, oranje flakkerend als brand. Hij bleef zitten. Friso schonk in.

'Ik heb er een puinhoop van gemaakt,' mompelde Edward. De eerste zin van een brief die niet voltooid werd. Friso zweeg en Edward voelde een spoor van sympathie voor hem, om zijn dis- cretie, omdat hij wist hoe het was om alles te verliezen.

De nacht was vol muggen en demonen. Hij snakte naar de ochtend. Om halfvier daalde hij het trapje af en porde zijn zwager, die snurkte. Pas tegen de ochtend viel hij in slaap.

Hij dronk oploskoffie in het borende licht van de vroege zon. Hij was vergeten hoe fris en aangenaam het 's morgens vroeg buiten kon zijn. Spinnetjes hadden kleine webben geweven tussen de grashalmen, glinsterend en zwaar van dauw.

Met de slepende tred van een campinggast liep hij later naar de washokken, een rol wc-papier in zijn hand. De dag lag richtingloos voor hem. Alleen een hoorcollege 's middags, dat was alles. Het laatste voor de zomervakantie begon. Een inspanning ver boven zijn macht, maar alles moest doorgaan alsof er niets aan de hand was, een zwerver die zijn tanden poetst aan de rand van een fontein.

's Middags huurde hij een fiets bij de receptie en reed naar De Uithof. Boven de fietstunnels verstrengelde zich het complex van wegen, hij kon zich niet heugen wanneer hij voor het laatst op een fiets gezeten had. Een park aan zijn linkerhand ademde koelte uit, en ter hoogte van een uitgestrekte begraafplaats in het groen herinnerde hij zich de hen waarover hij zich op zijn zestiende had ontfermd. Hij had haar als verfomfaaid, geel kuiken meegenomen uit een kippenschuur buiten het dorp. De boer had het hem toegestaan, onverschillig, hij kende de afloop. Edward wilde haar een goed leven geven tussen de toom krielkippen in de achtertuin. Het kuiken groeide uit tot een grote, passieve kip, nauwelijks tot bewegen bereid, en ondanks haar formaat was ze algauw het slachtoffer van de kleine, felle kipjes die haar najoegen door de tuin en haar witte veren uitpikten. Hij kon haar niet beschermen tegen de agressie van het koppel en had het gevoel dat hij naar twee nederlagen keek. Die van de kip, die er zogezegd niet in slaagde om *er iets van te maken*, en die van hemzelf: hij had iets goeds willen doen, wat onmiskenbaar op een fiasco was uitgelopen. De kip was ontworpen voor een leven van ongeveer anderhalve maand, en leek dat eigenlijk wel best te vinden. Hij kreeg een beetje een hekel aan dat onderworpen, mismaakte beest, en schaamde zich daarvoor.

Ergens in zijn studietijd moest de kip gestorven zijn. Hij wist niet wat zijn ouders met het dode dier hadden gedaan, zijn kip, die hij vergeten was tot deze dag, waarop zijn herinneringen zich helder en kleurrijk voor hem uitrolden. Hij begreep niet dat hij nooit meer aan de kip had gedacht tijdens zijn gesprekken met Ruth, wanneer zij hem gevoelloosheid verweet – de afzonderlijke delen van zijn biografie wilden maar niet samensmelten tot één geheel, één leven, dat betekenis en samenhang vertoonde.

De zaal was nauwelijks voor de helft gevuld. Bijna vakantie. De ramen stonden open. Toen het gestommel ophield en de stemmen zwegen, zei hij: 'Eens had ik een witte kip. Ze werd ergens in een broederij geboren en groeide op in een warme stal met duizenden, tienduizenden anderen zoals zij. Onder opgroeien verstaan we hier natuurlijk iets anders dan het geleidelijke proces van celdeling dat u uw jeugd noemt, en waar u zo'n twintig jaar over hebt gedaan. Nee, op een dieet van krachtvoer en antibiotica barstte ze binnen een week of zes uit haar voegen, van een paar gram tot tweeënhalve kilo in anderhalve maand, een olympische prestatie... Stelt u zich voor dat u opgroeit in uw cohort, zonder ouders, grootouders, ooms, tantes... Waar u ook kijkt, alleen maar leeftijdgenoten om u heen, ongeveer zoals op de festivals die u bezoekt...'

Gelach, kreten van instemming.

'In die stal vond ik haar,' zei hij, 'mijn vetgemeste kuiken, bijna zes weken oud en klaar voor de slacht, op een dikke koek van uitwerpselen –'

'Lowlands!' riep een jongen ergens achterin. Gelach rolde van de rijen omlaag.

'Ik kon haar zo oppakken,' vervolgde hij, 'en waarom weet ik niet precies, maar ik besloot dat ik deze ene kip zou redden.' Hij keek de zaal in over de rand van zijn brilletje. 'Als ik de taal had bezeten om haar uit te leggen wat "moeder" was, zou ze me niet begrepen hebben. Er was in haar wereld niets te vinden wat daarnaar verwees. Toen ik haar meenam uit die stal en haar een leven gaf tussen de andere kippen in onze achtertuin, kon ik niet weten dat ze onmogelijk kon samenleven met de anderen, die wel gesocialiseerd waren.' Hij hief zijn handen. 'En zo heb ik mijn kip een nog ongelukkiger leven bezorgd dan ze al had, uit *idealisme*. En zo heb ik dat leven ook tot in het ondraaglijke verlengd...'

Hij stopte even om het zweet van zijn voorhoofd te vegen. 'Waar het mij om gaat,' vervolgde hij, 'is dat u mij het woord "ongelukkig" hebt horen gebruiken. Mijn kip, zei ik, was ongelukkig. Ze wist niet hoe ze moest leven tussen haar soortgenoten, die wel wisten hoe dat moest, kip zijn. Het is in onze kringen niet gebruikelijk om over de gevoelens van dieren te praten. We ontkennen niet dat dieren gevoelens zouden kunnen hebben, maar onderkennen ook niet dat ze die misschien wél hebben. We houden het comfortabele midden aan, wat volgens mijn echtgenote duidt op een gebrekkig moreel besef.'

Er zaten nog altijd studenten mee te schrijven, zag hij. Ontroerende ijver. Zijn gedachten begonnen een beetje af te dwalen, hij had geen idee meer hoe hij van de geschiedenis van zijn kip op het onderwerp van zijn college kon komen, vectoren en de omstandigheden waaronder H5N1 *airborne* kon worden.

'Vanmiddag,' zei hij met zijn ogen dicht, 'op de fiets hiernaartoe, dacht ik voor het eerst in... dertig, vijfendertig jaar terug aan mijn kip, en het verbaasde me dat ik echt van haar *hield*, een tijdje... Of in elk geval... zoiets als *deernis* bezat... Tegenwoordig, als ik een mesterij binnenkom, wil ik alleen maar zo snel mogelijk weer weg. De ammoniaklucht brandt in je ogen, je krijgt bijna geen adem. Ik denk eigenlijk nooit meer aan de dieren die onder zulke omstandigheden geboren worden, opgroeien en sterven, ik denk alleen maar: wegwezen hier. Daarin, en daar gaat het me geloof ik om, vanmiddag, daarin verschil ik van die jongen met zijn kip. Dat is... een ander.'

Hij pakte de katheder aan de randen vast.

'Er is iets gebeurd in de tussentijd... Iets onherroepelijks. Zo is dat helaas, dat naarmate we ouder worden... we een bepaald soort gevoeligheid verliezen... Onze receptoren stompen af. Vandaar dat de ouderdom niet te verdragen is, omdat je je soms opeens herinnert hoe het was om... een *hart* te hebben, een hart dat je in staat stelde tot grote, onbezonnen daden, om vervoerd te raken en je deel te voelen van het leven op aarde...'

Hij keek op. De laatste pennen waren opgehouden met schrijven.

'Dwaal ik af?' Hij zette zijn bril af en veegde hem schoon met de slip van zijn overhemd die uit zijn broek stak. 'Een hart,' zei hij, geconcentreerd poetsend, 'dat je gelukkig en ongelukkig kon maken, en dat je zelfs verbond met zoiets als een *kip*... Een kip godbetert. Een witte kip.' Zijn handen gaven het formaat aan.

'In de neurologie bestaat een term voor wat ik bedoel,' zei hij even later. '*Anesthesia dolorosa*... De pijnlijke gevoelloosheid...'

Hij keek de zaal in. Onscherpte.

'Tot zover mijn inleiding... Denk ik...' Hij vouwde de pootjes van zijn bril toe en legde hem op het papier voor zich. Hij hoorde geschuifel, gefluister, als in een kerk. Hij veegde met zijn onderarm langs zijn ogen, maar ze vulden zich telkens opnieuw. Hij probeerde geen geluid te maken maar kon niet voorkomen dat hij hevig stond te snuiven. Vage gestalten begonnen zich naar de uitgang te begeven.

'Meneer?' zei een meisje. Hij weerde haar af met zijn hand. De zaal stroomde leeg, bij de uitgang stonden nog een paar studenten bij elkaar en staarden naar de huilende man op het podium, tot ook zij de gang op liepen en verdwenen, de zomer tegemoet.

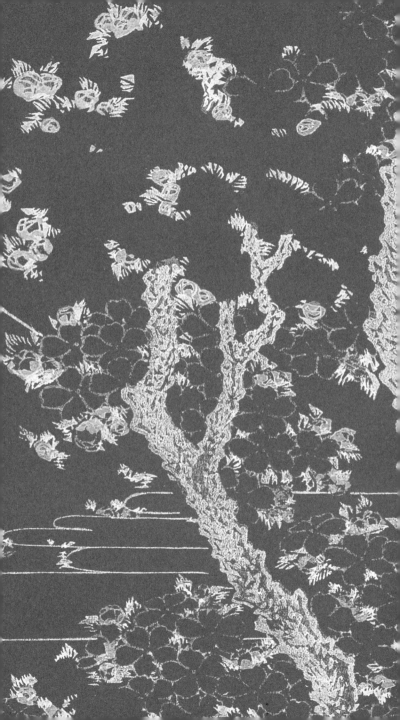